双葉文庫

# それは桜のような恋だった

広瀬未衣

# プロローグ

「もうすぐ春だね」

僕の前を歩く、赤いランドセルを背負った女の子が唐突にそう言った。

「ほんとだね」

女の子の隣を歩くのは、ピンク色のランドセルを背負ったもう一人の女の子。

よく見るとそのランドセルの側面には、桜の刺繍《ししゅう》が彫られてあり、花びらが数枚舞うデザインになっていた。

「私、桜、大好きなんだ」

ピンク色のランドセルを背負った少女は、まだ花の咲かない木々を見上げて、平凡な風景の中に桜の色彩が見えるような声色でそう言った。

「私も大好きだよ。毎年春になると、みんなでお花見に行くの。お父さんと親戚のおじちゃんたちは……」

ずっと聞こえていた彼女たちの声は遠ざかり、僕の耳には届かなくなった。

それは、僕が足を止めたからだ。

隣に流れる川の土手にはつくしが伸び、シロツメクサがひょっこりと顔を出す。春の柔らかさと穏やかな風が、辺りの風景を包み込んでいた。
すっかり小さくなってしまった彼女たちのランドセルの赤とピンクが、春の花のように見えたころ、僕は先ほど聞いた言葉を思い出していた。
――『もうすぐ春だね』
――『私、桜、大好きなんだ』
春が近づき、随分暖かくなってきたというのに、僕の指先は異常なくらい冷たくて、左手で右手をギュッと握った。
毎年、どれだけ抵抗しても春は来る。
僕にとって、憂鬱な春が。

# 第一章

午前10時半、僕はいつものようにキャンパス内を足早に歩いていた。

廊下側の窓が半分開いていた。風に揺れる木の葉の音が、僕の耳に。新しい緑の息吹が、僕の目に届く。

20歳になったばかりの大学二年生の2月下旬。春を心待ちにしているかのような、穏やかで心地よい景色を眺めながら、僕はレポート片手に廊下を歩いていた。

このレポートを塚本《つかもと》教授《きょうじゅ》に渡せば、晴れて僕は自由の身になる。

春休みは何をしようかな。

いつもよりも軽い足取りで歩いていると、ふと、廊下の窓が開けっ放しになっていることに気づいた。

僕は何気なく廊下の窓に近づき、開いたままの窓をそっと閉めようと手を伸ばした。

「また閉めるの？　気持ちいいのに」

その時、まだ半分も閉めきっていないという状態で、背後から声をかけられた。聞き覚えのある声だった。ゆっくりと振り向くと、そこにいたのは芹沢彩香《せりざわあやか》だった。

「おはよ」

彼女は僕と目が合うと、ふわりと微笑んだ。

「おはよ」

僕はそう答えながら、残りの半分の窓をそっと閉じる。

「やっぱり閉じるんだ」

彼女が口元に手を当てて笑って言った。

僕の行動なんてよくわかっているくせに、と思いながらも、この思ったことをそのまま口にする芹沢彩香の性格は、やはり嫌いじゃないなと思った。

彼女は僕と同じ大学、同じ学部の生徒だ。

長い黒髪がトレードマークの彼女。背が高く痩せ形で、モデルのような佇まいをしている。自分の美貌に気付いていると思う。

飾ることのない性格が、彼女の魅力なのだろう。

*

彼女と知り合ったのは、2年前の4月。大学生になったばかりのころだった。

心理学の講義を受けていた時、大教室の窓際の席に座っていたのが、彼女だった。

彼女は僕と同じ長机の一番端、窓際の席に座っていた。その時の彼女の髪型も黒髪のロングヘアーだった。彼女は長い髪を一つにまとめて、ノートを取っていた。

僕は彼女の横顔を少し眺めてから、そっと声をかけた。

『あの』

『……はい？』

「私？」

と聞きたげな目でこちらを見た彼女。その時の彼女の瞳を今でもよく覚えている。

『窓、閉めてもらっていいですか？』

突然かけられた声に、彼女は戸惑いの混じった表情で僕を見た。

窓から吹き抜ける生暖かい風が、彼女の長い髪を揺らした。彼女の背景には、晴れ渡った水色の空と、色鮮やかな桜がある。その絵の中の桜の花びらが、はらりはらりと風に揺られて落ちていく。

綺麗だな、と思うよりも先に、僕は慌てた。

そして、思い直した。

この子に頼まずに、自分で窓を閉めよう。反対側から出れば、すぐだ、と。

彼女は僕の焦った表情に気づく様子もなく、教授や他の生徒には聞こえないように、小さな声で僕に話しかけてきた。

『どうして閉めるの？　気持ちいいのに』

自分の中に通り過ぎた気持ちを隠すことなく、口に出している。

『まぁ、そうなんだけどさ』

『やっと涼しげな風が吹いて来たところなのに』

〝残念〟とは言わないが、そう言いたげな表情をして。無意識なのだろう、少しだけ唇を尖《とが》らす彼女に僕は言った。

『僕、桜アレルギーなんです』

『え……』

『風向きがこちらに変わったみたいで、さっきから大量の花粉が入ってきて、苦しいんです』

『嘘！　桜アレルギーだなんて、そんなアレルギーがあるんだね！　ごめんね、知らなくて！』

初めて彼女と話して、初めて僕の体質を打ち明けたのだから知らなくて当然なのだけれど、彼女は心の底から申し訳なさそうに表情を歪ませると、素早く立ち上がった。そして、開け放たれた窓を閉じてくれた。

僕の心はホッとする。これで、少しは安心できる。

そう思ったのもつかの間、僕は再び慌てた。それは、彼女の行動が僕の想像を超えていたからだ。

『彼女の席の一番近くの窓だけ』

僕は、そのつもりで頼んだのだが、彼女は大教室の階段を下りきると、一番下の窓から、順に閉めていった。そして、大教室の真ん中に座る僕の席をも通り過ぎ、一番上の窓まで、順番に閉めていく。

まさか、大講義室のすべての窓を閉めてくれるなんて、思ってもみなかった。

せめて、自分のそばだけでも。

そう思っていた僕は、彼女の予想外の行動に、何と声をかけていいのかわからなかった。唖然としながら、窓を閉め続ける彼女の背中を見つめていた。

彼女は他の生徒や授業を続ける教授から、どのように思われているのかなんて、気にしていないようだった。

そんな中、辺りからこそこそとした囁き声が聞こえてくる。

生徒たちの話の内容までは聞こえてはこないが、皆、彼女のほうに視線を送りながら何やら話している。それは、美しい彼女にかかる羨望や憧れの声ではないと思った。

きっと、生温かい教室の空気を閉じ込めるように窓を閉めていく彼女に対して、不満の声が出たに違いない。

こんなことなら、やはり初めから自分で閉めればよかった。

後悔する僕に向けて、窓をすべて閉じた彼女は、くるりと翻るようにこちらを向くと最高の笑顔を見せて言ってくれた。

「これで、平気⁉」

と。

その瞬間、僕の固い心の壁は、開け放たれた。

「桜」と同じくらい「女の子」が苦手だった僕の前に、「芹沢彩香」という名の一人の人間が現れた瞬間だった。

それからというもの、彼女と僕は、選択授業で、安くてうまい学食が食べられる食堂で、キャンパス内のグレーのソファーで、コンビニよりも少し安く買える自動販売機の前で、偶然出会う度に、互いに声をかけては話すようになった。

僕と彼女が友達になってから、もうすぐ2年が経つ。

＊

「まだ桜咲いてないけど？」

複雑そうに眉根を寄せて彼女が言った。

「まぁ、なんとなく。閉め忘れないようにね」

そう言ってごまかしたが、芹沢は話を続ける。

「市井君《いちいくん》っていつも窓、閉めてる気がする」

「んなわけないだろ」

笑い合いながら僕たちは廊下を歩きだした。彼女の手にもレポートらしきものがある。この辺りに用事があるということは、僕と同じ心理学の塚本《つかもと》教授のところへ行くのだろう。

「アレルギーって、一生治らないの？」

隣を歩く彼女は、目を細めて僕を見た。

「人それぞれみたいだよ」

僕は、そう言いながら廊下を見やった。長く続く廊下の窓は、どれも開け放たれている。

すべて閉めて歩くのは気が遠くなる作業だ。

いや、まだ春じゃないから閉めなくてもいいんだけど。

春が近づくと僕の心はそわそわしだし、窓を見ると閉めなくては、と思ってしまう。その癖との付き合いも、もう10年になる。〝桜アレルギー〟が発症したのが、ちょうど10歳だった。

彼女は、じっと窓を見つめる僕の心理状態を読み取ったかのように、さりげなく言った。

「やっぱり気になる？　もうすぐ桜の季節だもんね」

「まぁ」

正直に答えると、彼女は白色のショルダーバッグから使い捨てのマスクを取り出し渡してくれた。

「マスク？」

「なんだか顔色も悪いし、マスクでもする？　少しは落ち着くかも」

「ありがとう」

僕はお礼を言って、マスクをかける。

「うわっ‼……わわわ……あははははっ」

僕のマスク姿を見た彼女は、真顔で驚いたあと、しばらくしてお腹を抱えて笑い出した。

「なるほど、普段マスクを使わない理由がわかった」

「……なんだよ」

「もともと人相が悪いのに、今の顔、ひどいよ‼」

一番ひどいのは、君のセリフだ、と僕は思う。

「お前のこと、人相が悪いなんて言うのは、芹沢彩香くらいだよな」

今日も隣の席で大盛りの定食を食うのは、村山良樹《むらやまよしき》、僕の親友だ。

安くてうまい学食は、無料で白ライスを大盛りにできる。良樹の白飯はいつも大盛りだ。

今日は、「おばちゃん、もっと！」の掛け声を受けたおばちゃんの手の振りが、普段よりずっと大きく、特盛となっている。

徹夜でレポートを仕上げたという良樹の目の下には大きなクマがある。これほどヨレヨレの格好をしているのだから、レポートを提出したら早く家に帰ればいいのに、と思うが良樹は学食は欠かさない。

「貧乏学生の憩いの場所だ！」とか「春休みになれば、しばらくここへは来れないだろう！」とか言いながら、大盛り飯を食べている。

炊き立てご飯のいい匂いが漂う学生食堂は、中庭と繋がっており、一面ガラス窓の食堂から、芝の美しい中庭を眺めることができる。

先に食べ終えた僕は、ぼんやりとその風景をながめていた。

「あ」

その時、ふと声が漏れてしまった。

「なに？」

箸でハンバーグを持ったまま、良樹が窓を覗き込み、言葉を続けた。

「噂をすれば、ってやつだね」

良樹はニヤニヤしながら言った。

そこには、真っ直ぐな黒髪を風になびかせながら歩く芹沢彩香の姿があった。

彼女は、数冊のノートと教科書を胸に抱き、友達と談笑しながら歩いている。

「やっぱ、芹沢くらいだよな。お前のこと、人相が悪いって言うなんて」

先ほど聞いたセリフを良樹はもう一度言った。

「そうか？」

芹沢彩香の姿を目で追いながら、白米を口にする良樹に向けて僕は言った。

まぁ、僕と親しく話す女子が芹沢彩香くらい、という意味なら納得できるが。

「隆哉《たかや》は、人相悪いと言うより、近寄りがたいんだろ？　整った顔をしているくせに、昔から女を寄せ付けないところがあるからな」

「はぁ……」

これ、昔から良樹に、いや、良樹だけじゃなく数人の友達に言われたことあるな。

僕には近寄るなオーラが出ている。特に女に対して、って。

人相が悪いと言われたのは今回が初めてだが、目つきが悪いと言われたことはある。

それは、コンタクトをする前の高校時代の話だけれど。

人よりも低い声のせいで、「怒ってるの？」と怖がられたこともある。

たしかに愛想がいいほうではないかもしれないが、年頃の男なんてこんなもんだろう？　といつも思っている。

「宝の持ち腐れって言うのかね～」

良樹が、長い箸を僕のほうに向けて、箸で鼻をつまもうとするので、即座によけた。

「あーのな、箸を人のほうに向けるなっ」

「まぁ、たしかに美人だわ」

僕の言葉を最後まで聞くこともなく、良樹は芹沢彩香の後ろ姿を目で追いながらそう言った。

「何がだよ」

イライラしてきた。結局のところ、良樹が何を言いたいのか、さっぱりわからない。

「結局、お前は芹沢彩香級の女じゃないと、女として認識してなかったってことか」

「はぁ？」

「まぁ、よかったよ。隆哉の初恋が大学で始まって」

「んなわけねぇだろ」

５限目の授業は、第二教室であるのだろうか。彼女の姿が小さくなり、やがて消えていく。

「正統派な美人が好みだったんだな。まぁ、あの子が嫌いな男は、男じゃねぇわ」

まだ、言ってる。

「だから、違うって言ってんだろ」

僕は、そう言いながら良樹のエビフライの一匹を盗みとる。

「おいっ隆哉！」

「もーらい」

「ざけんなっ」

「あはは」

相変わらずの毎日だった。

*

「市井……市井隆哉！」

「え？　あぁ。芹沢」

数日が経ったある日のことだった。

その日の講義がすべて終わり、正門を出たところで、甲高い声が聞こえた。

声のするほうには、芹沢彩香が立っていた。

「今帰り？」

柔らかい春の風があらゆる木々の梢を揺らし、彼女の黒髪をも揺らしていた。

芹沢彩香は、長い髪を高い位置で束ねていた。その髪の毛の束は、まるで馬の尻尾だなと思ってから、なるほど、ポニーテールとはこの髪型のことかと思う。

「そう」

彼女の質問に、僕は黒髪を見ながら答えた。

「芹沢は？」

「今からバイト」

「どこでバイトしてるの？」

「カフェだよ。駅の近くに最近できた『シナモン』っていうカフェ。ふわふわのスフレが有名なお店なの。もちろん、知ってるでしょ？」

「……知らない」

「ほんとに？」

「嘘つく必要ある？」

「たしかに。ないね」

そう言って彼女はニッと笑った。

いつもよりも高い位置で結ばれた黒髪が、クルンと跳ねた。

「お店も知らないし、スフレも知らない」

「え？　スフレも知らないの？」

「知らないって」

「ほんとに都内の大学生⁉」

そう言いながら、彼女はケタケタと笑った。

僕は流行には疎いし、女の子の好きな物もわからないけれど、そこまで言わなくてもいいじゃないか、とも思う。

「彼女と行かないの？」

「彼女、いないから」

「……好きな人は？」

「いない」

「……ふーん」

なんだろう。二人を取り巻く空気が、一瞬にして凍りついたような気がした。

ふーんと言ったきり、芹沢は何も話さなくなったし、僕も何を話していいのかわからない。

薄いグレーの氷で覆われた空気は、しばらくするとひび割れて、その隙間から沈みきった空気が流れ込んでくる。重くて苦手な空気だった。

何か、余計なことでも言ったかな？

自分の言葉を考えながら、僕の頭はふいに別のことを思い出してしまった。

いつの間にか、僕たちはキャンパスの裏に走る小路の両脇に続く、桜並木の近くを歩いているということに。

駅に行くには、この道を真っ直ぐ歩くのが一番だ。彼女のバイト先が駅前ということは、このまま真っ直ぐに歩いて行くのが、一番の方法だろう。

けれど、普段の僕はこの道は使わない。

大学に入ってから、ずっと桜並木に続く道を使わないように、避けてきた。

僕は桜アレルギーを発症してから、もう10年近く、桜並木を歩いていないのだ。

普段、バス通学をしている芹沢は、この先にある桜並木を知らないのだろうか？

それとも忘れているだけだろうか？

重苦しい空気を纏《まと》ったまま、歩き続けた。

彼女との間のわだかまりを解きたいと思いながらも、僕の心音は速度を増し、うっすらと冷や汗をかきはじめていた。

もうすぐ桜並木が見えてくる。

自ら桜に近寄るなんて考えられなかった。それだけは、避けなくてはいけない。

「芹沢」

彼女と会話がなくなって、数分が経過したころ、僕はやっと話し出した。

「僕、本屋に寄りたいから」

「え、じゃあ、私も一緒に」

そう言う彼女に僕は言ってしまった。

「バイト、頑張って」

それだけ言って、本屋が入るビルの中に姿を消した。

「はぁ、やっちまったかな」

大きくため息をついた僕は、誰もいないリビングのソファーに横たわる。

ふと、芹沢彩香の寂しそうな瞳を思い出し、もう一度ため息をついた。

こういうことをするから、近寄りがたいだの、近寄るなオーラが出てるだの、いろいろ言われるのだろうか。

僕は自ら人を寄せ付けない？

そう考えて、フッと苦笑いが漏れた。

春になると、僕は臆病になるのだ。そして、大ウソツキになる。

本当の僕は、「桜」が苦手なだけ。桜アレルギーではない。

桜アレルギーなんて、体よく考えた嘘なのだ。

それを今まで、誰にも打ち明けたことはない。

桜が原因で、しんどくなるのは体のほうではなく、精神のほうだということを。

僕は桜が苦手だ。10歳になったころから——。

何気なくつけたテレビはニュース番組だった。中継中のアナウンサーは明日のお天気を伝え終えると、小さなフリップを取り出した。そこには『全国お花見情報』と大きく書かれている。

アナウンサーのバックに映し出されているのは、見たことがある風景だった。

「あら？　京都じゃない？」

いつの間にかリビングに来ていた母が、テレビを見ながら言った。

「うわ、びっくりした。出かけてたんじゃないの？」

「隣の部屋でアイロンかけてたのよ」

「そ、そうなんだ」

そう言いながら、母は台所へと向かう。そろそろ夕飯の支度でもするのだろう。

「ここって、岡崎《おかざき》だね」

「うん」

僕の声に母は答えた。そこは、叔母の住む街だった。

叔母の住む街は、京都《きょうと》だ。叔母は、京都・岡崎で小さな和菓子屋を経営している。

桜餅や饅頭などの和菓子が美味しいと有名で、小さなころは僕もよく遊びに行っていたっけ……。

叔母の作ってくれる和菓子と、一緒に出される抹茶の味を思い出していた。叔母の和菓子、美味しかったな……。

「千恵子《ちえこ》おばさん、元気なの？」

台所に立つ母親に目を合わせて僕は聞いた。

「最近、連絡取ってないのよ。私もバタバタしていて。便りがないのは良い便りなんて言うし安心しているんだけど、近々連絡してみようかしら」

「そうだね」

そう言った時、京都を映すテレビの中継も終わった。

母は夕食の準備に取り掛かる。僕はニュースのあとに流れだしたバラエティ番組に夢中になった。

＊

「ここ、かな？」

もうすぐ春休みになるという大学二年生の3月。すべてのレポートを提出し終え、講義もすべて終了し、人より先に春休みに入った。

良樹はというと、まだ提出できていないレポートを大学に籠ってやるそうだ。

休み前になると、学生たちはどちらかのタイプに別れるといつも思う。僕のように、後に残しておけないタイプと、時間ぎりぎりにならないとできないタイプ。

僕には真似できそうにもないのは、良樹のようなタイプのやり方だ。しかし、良樹のようなタイプは火事場の馬鹿力が出るらしい。その力は時に自分の潜在能力をも引き出すと、何かの本に書いてあったような……。

僕には出ないその力を、少し羨ましく思ったりもする。

でも、僕には無理かな。残しておくなんて、かなりのストレスになる。

大学に籠って、レポート相手に頭を抱える良樹の姿を想像しながら、僕が向かったのは、駅前のカフェだった。

「ここのスフレ、美味しかったよね」

「やっぱり雑誌で大きく取り上げられるだけあるね！」

そう言いながら出てきたのは、女子高校生二人組だった。

「それから、あの店員さんもすごく綺麗だったよね！」

「雑誌に載っていた通りだった」

「憧れるなー」

女性が女性に憧れている姿を、初めて見た気がする。名残惜しそうに店を見つめながら会話をする彼女たちは、「また来ようよ！」「そうだね！」と話をまとめ去って行った。

きっと芹沢彩香の話をしているのだろう、と思った。

この店の中央に掲げられている店名は、『シナモン』。彼女がバイトしていると言っていたカフェだからだ。

ゆっくりと扉を開ける。思っていた以上に重い扉に驚きつつ、手に力を込めて弾くと、カランと鐘の音がした。鐘の音を合図に振り向いたのは、小柄で茶髪の女性だった。

「いらっしゃいませ。お一人ですか？」

僕の背後を確かめてからそう言った店員さんに、「一人です」と答えると、先ほどよりも綺麗な笑顔を見せてくれた。

とても感じの良いカフェだ。いや、カフェと言うより喫茶店に近いな、と僕は直感で思う。

店員さんに連れられ歩き出す。

芹沢彩香はどこにいるだろう？

首をキョロキョロと動かしながら歩くが、結局彼女を見つけられないまま、僕は指定された席に座った。

「お決まりになりましたら、お呼びください」

そう言う店員さんに、「はい」と笑顔を向け、メニューを見て、注文を決め、そしてゆっくりと顔を上げる。

店員さんを探すように辺りを見回すと、カフェのキッチンが見えた。そこに彼女はいた。

芹沢彩香は白のブラウスの上に黒のエプロンという、驚くほどシックな制服を着ていた。

雑誌に載るほどのカフェなのだから、高校生二人組が憧れるほどの人なのだから、きっと華やかな制服に身を包んでいるに違いないと思っていた僕の想像は、180度覆された。

けれど、その姿は、とても美しかった。その制服は、彼女の魅力を最大限に引き出しているように見えた。

僕はじっと彼女を見つめる。

彼女はこちらに気づくこともなく、黙々と仕事をしている。

僕はブレンドのコーヒーを頼み、彼女の姿を見ていた。

気づいてくれるかな、気づいてくれたら何て話しかけるべきだろう。

昨日の帰り道、重たい空気のまま別れてしまったことを、後悔していたのだ。

『やっと隆哉の初恋が来たな』

ふと良樹の言葉が脳裏を横切った。僕はフッと微笑を零す。

そうじゃない。そういうわけじゃないんだ。

僕はただ、もう一度、異性を信じることができそうで、ただそのことを喜んでいる。

僕が桜嫌いになってから、僕は良樹の言うとおり、女の子を、異性を避けて生きてきた。

だからといって、異性が嫌いなわけではない。恋だってしたいと思っている。

芹沢彩香は、僕にとって唯一気楽に話ができる「女の子」なのだ。

『昨日は、イヤな空気で別れてごめんな』と、言うべきか？

それとも、『近くに寄ったから、来てみたよ。いい店じゃん』と、何事もなかったかのように言うべきだろうか？

異性に対するブランクが長い僕には、少しハードルが高い行為だったが、何故だか心はワクワクしていた。芹沢彩香と、早く仲直りがしたいと思っていた。

キッチンで僕の頼んだコーヒーを彼女が淹れてくれている。そして、僕のところまで運んでくれるだろう。

そんな淡い期待は、叶うことはなかった。

運ばれてきたコーヒーは、先ほど席を誘導してくれた女の子が持ってきてくれて、コーヒーを淹れ終えた芹沢彩香の姿は、いつの間にかキッチンから消えていた。

「あの」

僕は、テーブルの上にコーヒーを置く彼女に声をかけた。

「はい」

「キッチンにいた方、芹沢さんですよね？」

「ええ。そうですけど。お知り合いですか？」

「はい。大学の同級生で、できれば少し話をしたいんですけど」

言いながら、僕はキッチンに目をやる。先ほどまで、彼女はそこにいたのだ。

「あー……今、キッチンにいたと思ったんですけど、休憩に入っちゃったのかな？裏口から出て行ったんだと思いますよ？」

「そうですか」

彼女は、引き続き「休憩時間は、一時間ほどありますよ」と教えてくれた。

僕はコーヒーを残したまま、店内を出て裏口へと回った。一時間も待っていられないし、バイト中の彼女に声をかけるよりも、休憩中の彼女に声をかけたほうが、迷惑にならない、好都合だと考えたからだ。

店舗の入口を出て時計回りに店の外を歩くと、すぐに裏口に出た。裏口の前には細い通りがあり、道に沿うようにいくつかのゴミ箱が並んでいる。

そこは喫煙コーナーにもなっているようで、銀の円柱型灰皿が置かれてあった。

そこに、長身の男性と芹沢彩香がいた。

男性は長い指に煙草を挟んで、煙草を吸っていた。その行為は男性だけのものではなかった。芹沢も煙草を吸っていた。人差し指と中指で挟んだタバコの煙を体の中に取り入れると、ふぅと外に向かって吐き出す。

とても気持ちがよい、といった彼女の表情は、見たことがないものだった。

それは実に不思議な風景に見えた。

そこにいるのは、たしかに芹沢彩香なのに、別人のように見えたからだ。

初めて見るいつもと違う彼女の雰囲気に、僕は戸惑っていたようだ。自然と足がすくむ。

芹沢は、長身の男に何かを問われ、気だるそうに首を傾げる。そして笑う。僕の前で見せるよりも、ずっと大きな口を開けて。

口説かれているのだろうか。ただ会話が楽しいだけだろうか。

それとも、彼氏……？

彼女のことをよく知っている気でいたけれど、僕は何も知らない。

彼女が煙草を吸うことも、あんなに大きな口を開けて笑うことも、彼女が淹れるコーヒーが、特別美味しいことも。

僕は彼女に近づこうと思った。僕の知らない彼女のことを、もっとよく知りたいと思ったのだ。

ゆっくりと、近づいていく。

二人との距離が縮まると、男の声がはっきりと聞こえた。

「それで、どうなったの？ あの男、落ちたの？」

誰の話なんだろう？

僕の知らないバイト仲間の話なのかもしれない。

聞き耳を立てるつもりはなかったのだが、なんだか近寄れない雰囲気を感じ、再び立ち止まった。

「落ちるも何も、ほんと、ただの友達だから」

彼女は少し困り顔でそう言った。

「へぇ。芹沢相手に目もくれない男がいるんだね」

「うーん。最近は、少しいい感じかなって思う時もあるんだけど……なんかね……」

そこまで言って、彼女は言葉を詰まらせた。男が彼女に歩み寄り顔を近づける。

「なに？」

「彼、春になると、ちょっと変になるの……」

「変って？」

「桜アレルギーだからって、自分では言ってるんだけど、そういう感じじゃなくて。なんていうか……ちょっと……」

「ちょっと？」

「怖い」

「……」

「春になると、彼、別人みたいな目つきに変わるの」

「……」

「私、本当に告白していいのかなって、春の彼を見ると躊躇《ちゅうちょ》してしまう」

「春のそいつは嫌いなわけ？」

「うん……好きじゃない」

ずっしりとした痛みが、胸の中心を切り裂いた。

彼女が話す「彼」とは、僕のことだとわかったから。

そして、夏の僕、秋の僕、冬の僕は好きだけれど……春の僕は好きじゃないと、そうはっきり言われたからだ。

僕も、春の僕が嫌いだ。

なぜそれを、数年前に知り合った他人が受け入れてくれると、思ったのだろう。

自分自身も、受け入れることができないのに。

体中に広がった悲しみは、行く当てもなく、僕のすべてを侵食していく。指先まで痺れがきたころ、僕のポケットの中の携帯がけたたましく音を立てた。

「誰？」

二人がこちらを振り向く。

「市井……く……ん……」

そう言った彼女の顔から、血の気が引いていく。

「近くに来たから……寄ってみた。…………昨日は……ごめんな」

僕は、なんとか口を開けて、何度も練習した言葉を発した。それ以上の言葉は、僕の中から消え失せた。

彼女も、なんて言ったらいいのか、わからなかったのだろう。しなやかな体を棒のように強張らせて、ただ僕を見ているだけだった。
そうだ。これが現実だ。
人間にはいくつもの顔がある。いくつもの本音がある。そんなこと、ずっと昔から
わかっていたことじゃないか。僕の中の誰かがそう言った。
「じゃあ……」
それだけ言って、僕はカフェを後にした。
彼女が淹れたコーヒーを二口飲んだだけだった。

# 第二章

携帯が鳴っていることに気づいたのは、僕ではなく母のほうだった。

「……隆哉、隆哉、聞いてるの！　ずっと携帯鳴ってるわよ！」

その声にハッとして我に返った。

どのようにして帰って来たのだろうか。気づけば僕は、自宅のグレーのソファーの上で横になっていた。

眠っていたわけではない。しかし、この数時間の記憶はなかった。

つけっぱなしにしていたテレビ、ソファーに横たわる自分。呆けている自分に声をかける母親。

すべてが昨日と同じシチュエーションなのに、視界に映る景色が歪んでいるような気がした。

ソファーのスプリングの固さも均等ではなく、固かったり柔らかかったりする。

そういえば先ほど母親の声でさえ、大きく聞こえる部分と小さく聞こえる部分があったな……。

あぁ、まただ。と僕は思った。

僕はひどく疲れると、このような感覚に陥る。

すべてがぼやけて、あるいは歪んで見えて、身体への力の入れ方がわからなくなる。

「隆哉、ほらまた」

電話が再びけたたましい音を立て、鳴りだしていた。

着信画面に表示されている文字は、親友の良樹。きっと無事レポートが終わり、飲みに行こうと誘っているのだろう。

わかっている。良樹と会えば、このイヤな想いからも少しは解放されるだろうと思う。それなのに、僕はその電話にさえも出る気力がなかった。

「間違い電話だと思うから、いいよ」

「変な子ねぇ」

母親はそう言うと、二階へと消えた。干しっぱなしにしてある洗濯物を取り入れに行ったのだろう。

ソファーに横になったままの僕は、近くにあった黄色の花柄のクッションを枕代わりにすると、ぼんやりとテレビに目を向ける。

テレビには、たくさんの桜が映し出されていた。もうすぐ春だけれど、まだ桜は咲いてはいない。開花前から花見特集が組まれたり、開花時期を発表するニュースが連日放送されたりと、皆が桜の開花を楽しみにしている。

日本人の桜好きは、よほどのことだと思う。世界で一番桜を愛しているのではないか。

歪んだ絵がぼやけていく。ぼやけた桜の木々の風景は、いつの間にか一枚のピンク色の画用紙になった。

「そう言えば、昨日連絡したのよ」

ピンク色の画面を見つめている僕に、背後から声がかかる。

母親だ。もう洗濯物を入れたのだろうか。ぼんやりしている時間はあっという間に過ぎる。僕は、母の顔は見ずに答えた。

「誰に？」

「千恵子おばさん、最近連絡してないって言ってたじゃない？」

「あぁ、そうだね」

その話も、随分昔にした話のように感じる。

「どうだった？」

興味はない。けれど、無意識に訊いた。

「千恵子おばさん大変なのよ」

「どうしたの？」

「叔父さんがギックリ腰になっちゃって。今、繁忙期なのに、一人でお店やってるんだって」

「……へぇ」

この空気、会話の流れ。なんだか嫌な予感がする。

「隆哉、春休み、京都へ行ってみない？」

「ええ⁉」

自分でも驚くほど大きな声が出た。そして無意識に起き上がっていた。

「大した用事もないんでしょ。じゃあ、千恵子おばさんの店、手伝ってきてあげてよ。本当に困ってるみたいだから」

千恵子おばさんと叔父さんの間に子どもはおらず、ずっと二人で和菓子屋を経営してきた。

京都の「哲学《てつがく》の道《みち》」と呼ばれる琵琶湖疏水《びわこそすい》べりの散歩道に、美味しい和菓子屋があると、テレビで紹介されてからは、特に忙しくなったそうだ。

「特に春が忙しいんだって。わかるでしょ」

母親の言葉に思い出すのは、子どものころに行った哲学の道の風景だった。熊野若王子《くまのにゃくおうじ》神社前の疏水にかかる若王子橋《にゃくおうじばし》から、銀閣寺橋《ぎんかくじばし》までの約二キロにわたる哲学の道には、世界中の人々が美しい景色を求めてやってくる。道沿いには桜をはじめ、ツツジやミツマタが植えられ、季節ごとに人々の目を楽しませてくれる。特に春は、満開の桜が美しい。

みな素晴らしい春の景色に感嘆しながら、散歩道の途中で見つけた小さな和菓子屋で、叔父さんと叔母さんが作った和菓子を食べていた。

「わかるけど……」

だからだ。だからなんだ。と僕は思った。

桜を求めてさまざまな人が行き交う町に、桜が苦手な僕が行ってもいいのだろうか？

また人に迷惑をかけないだろうか？　また嫌われないだろうか？

そんな心配をするくらいなら、僕は今年もこの場所で、桜が散るまで極力外へ出ない生活をしたほうがいいのではないか？

ぐるぐるとさまざまな考えが、頭の中を駆け巡っている。

美しい景色を大人になった自分の目で見てみたいと思う気持ちと、千恵子おばさんのことが心配だと思う気持ちと、これ以上、傷つきたくないと思う気持ちが交じり合っている。答えがわからない。

「たまには……」

困惑する僕に向けて、母が諭すように声を出した。

「ゆっくりしておいで――……」

＊

「間もなく京都です。東海道線《とうかいどうせん》、山陰線《さんいんせん》、湖西線《こせいせん》、奈良線《ならせん》と近鉄線《きんてつせん》は乗り換えです。今日も新幹線をご利用いただきまして、誠にありがとうございます。間もなく京都、京都です」

車内アナウンスを聞き、荷物を整えた。

僕は10年ぶりに叔父と叔母の住む街、京都へとやって来た。

京都の玄関口にあたる京都駅《きょうとえき》は、バスや鉄道が出発する交通の要であり、さまざまな商業施設や宿泊施設が多く隣設している。

近代的な建物の内側を眺めながら、僕は中央出口へとやって来た。

左手に大階段が見える。この階段を覚えていた。記憶が一本の糸のように連なって呼び起こされる。

この大階段を渡れば、百貨店と直結しているんだよな。近代的な建物の中央に長く続く大階段、その中央に広場があって、当時、そこでダンスのパフォーマンスがあった。

当時小学生だった僕は、男女4人で構成されたアップテンポなダンスに魅せられて、早く百貨店に入ろうと言う父と母を待たせて、ダンスパフォーマンスが終わるまでずっと座り込んで見ていた。

ダンスが終わると、大階段から直結している百貨店に入り、抹茶パフェを食べた記憶がある。

幼い日の思い出に包まれながら、大階段を横目に京都駅を出ると、目の前には空に高く伸びる大きな京都タワーが見えた。

京都タワーを目の当たりにして思う。

本当に、京都に来たんだな……。

僕は持っていた地図に目を落とし、この辺りかなと目星をつけながら、バス停を目指した。

叔母さんの家に行くと約束したのは、今日の夕方だ。

昼前に京都に到着した僕は、叔母さんと約束した時間まで、一人で京都を散策しようと思っていた。

10年ぶりの京都。しかも一人旅。うまく回れるかは自信がなかったけれど。

僕は、岡崎へと向かうバスに乗り込んだ。

空いている椅子に座り、ぼんやりと外の景色を眺めながら、電話越しに聞いたおばさんの声を思い出していた。

『隆ちゃん、ほんまに京都に来てくれるん？』

『叔母さん、〝隆ちゃん〟はやめてよ』

『叔母さんからしたら、〝隆ちゃん〟はいつまでも〝隆ちゃん〟やけどな。お化けが怖くて、一人で部屋にはいられへん、どこに行く時もおばちゃん一緒について来てー。そう言うてた、可愛い可愛い隆ちゃんや』

『もう〝隆ちゃん〟なんて呼ぶ人、叔母さんくらいだよ。僕もうハタチになったんだから』

『そうか。隆ちゃんももうハタチになったんやな。これから気を付けるようにするわ』

僕を幾つだと思って話していたのだろう。

そう苦笑しながら、僕は叔母さんの話を聞いていた。

イヤな感情は欠片もなかった。母と同じくらい愛情を注いでくれた叔母さんのことを、あのころからずっと好きだったし、叔母さんの話し方と笑い方、柔らかな声の出し方も好きだった。そして何より、叔父さんと叔母さんが作る『菊屋《きくや》』の和菓子が世界で一番好きなのだ。

『菊屋』の和菓子、早く食べたいな……。

小さな和菓子屋の奥にある厨房で、叔父さんが一つ一つ丁寧に和菓子を作り上げていく姿を思い出していた。

あのゴツゴツとした大きな手から、次々に繊細な和菓子が現れる。

あれは、梅雨の時期だった。

小さな僕は、ガラス越しにこっそりと厨房を覗いていた。叔父さんは、寒天液に甘味を加えて固めた錦玉羹《きんぎょくかん》というものを作っていた。

錦玉羹に赤ワインを入れて、透き通る赤紫色の寒天を作る。

そして、それを賽の目状に小さく切り、中に白餡を包む。

仕上げにメレンゲで作った淡雪羹《あわゆきかん》を全体にかけて固めた、〝あじさい〟という名の和菓子を作ってくれた。

梅雨にしっとりと咲く紫陽花を見事に表現したその和菓子は、目にも美しく、味も大変美味しかった。

お土産には、鮎の季節が始まることもあり、しっとりとしたカステラ生地の鮎に求肥を包んだ〝鮎焼《あゆや》き〟を持たせてくれた。これも大変、美味だった。

関東に住んでいた叔母さんは、叔父さんの人柄と叔父さんの作る繊細で美しい和菓子に恋をして、叔父さんの住む京都に移り住んだと聞く。

あれ？　でも、叔父さんがぎっくり腰なら、今は誰が和菓子を作っているのだろう？

職人は叔父さん以外にもいるのかな？　誰か代わりに来てくれているのかな？

今回は叔父さんの作る和菓子を、食べられないのか……。

そう思うと、途端に寂しく思った。

僕に和菓子を作ることなんてできないし、どれだけ役に立つのかはわからないけれど、できることを精一杯やってこようと思った。

乗り込んだバスがゆっくりと動き出す。曇っていた空からふいに光が差した。

雲の間から太陽が覗き込んでいる。

歓迎してくれているのかな、なんて久しぶりに晴れ晴れしい気持ちで空を見上げる。

京都、岡崎の春と言えば、桜だ。

そんなこと、僕は百も承知している。

だからこそ、今まで僕は大好きな叔父さんと叔母さんのいる京都へ来れなかった。

けれど、僕はこの町へ来ることを選んだ。

チラホラ見える桜に動揺していないわけじゃない。

けれど、この町だから乗り越えられるかもしれない、と思っているのも、たしかだった。

春に、桜に、怯えて暮らすのは、もう嫌なんだ。

僕は、誰も僕のことを知らない街で、もう一度やり直したい。自分のことをしっかりと知りたいんだ。

きっかけを作ってくれた母と叔母さんに感謝しながらグッと握った拳には、自分へのエールが詰め込まれている。

そんな僕の意気込みとは正反対に、流れていくのは穏やかな京都の風景。

聞こえるのは、ずっと聞いていたくなるような可愛らしい京都弁だった。

「あんな〜昨日、めっちゃ美味しいパフェのお店見つけてん！」

「ええ〜！　どこどこ⁉　めっちゃ行きたい！　今度連れてってな」

きっとこの町なら……。

また僕の中に誰かがそう言った時、ふと、先ほど聞いた母親の声が聞こえた気がした。

『たまにはゆっくりしておいで。誰の目も気にせず』

＊

バスから降りた僕は、岡崎公園《おかざきこうえん》へとやって来た。広大な土地に、美術館、図書館をはじめ、バ
園内には市の文化施設が並んでいた。

レーコートなども設けられている。

僕はそれらを眺めながら、岡崎公園の北、三条通《さんじょうどおり》から神宮道《じんぐうみち》を北へ上がり、朱塗
りの大鳥居《おおとりい》の前に来た。

僕が目指した場所は、平安神宮《へいあんじんぐう》だ。

大鳥居をくぐりさらに参道を進む。

そして、冷泉通《れいせんどおり》から応天門《おうてんもん》をくぐると、広い前庭の向こうに大極殿《だいごくでん》の優雅な姿が見
えた。

ただただ広い前庭の奥に、堂々と佇む大極殿、そのスケールに圧倒されてしまう。

これが、京都、平安神宮なんだ……。

観光客の流れる波に乗ることもなく、呆然とその美しさに見惚れていると、左手に

『神苑(しんえん)』と書かれた入口を見つけた。僕は気になってそちらへ歩いて行った。

どうやら、社殿を囲むように回遊式庭園が広がっているようだ。

拝観料を払い、整えられた日本庭園の砂地に一歩足を踏み入れたところで、僕は立ち止まってしまった。

艶やかな薄紅色《うすべに》の桜が、空一面を覆っている。

花と花が重なり合い、視界のすべてを桜色に染めている。

群れるように咲く桜は、まるで柔らかな桜色の綿雪の絨毯のようだった。

ふわりと浮かぶ綿雪の絨毯は落ちることはなく、頭上で舞い続けている。

清らかでいて、艶やかな、格別に美しい春の景色だった。

なのに、僕の心臓は、ドクドクと大きく鳴り響いている。

大丈夫、何も起こらない。

僕はこの春に、乗り越えるんだ——。

そう思っていたのに、それは荒治療だったのかもしれない。

その時、背後から、カシャ、カシャ、カシャとシャッターを切る音が聞こえてきた。

観光客がカメラで、春の景色を切り取っているのだろう。見なくても、わかる。

「あの」

背後から女性が声をかけてきた。

彼女が声をかけてきた理由は、すぐにわかった。

僕が一番の特等席を、占領してしまっているのだ。

ここに来ている人は皆、この美しい景色を見るのが目的なのだろう。そんなふうに思ってしまう風景だった。

僕は頭を下げて、隣へとよけた。

声をかけてきたのは、若い女性だった。

大学生のようにも見えるし、働き始めて間もないようにも映る。

どちらにしても、彼女と僕の年はそれほど変わらないだろう。

彼女が、首からかけた大きな一眼レフカメラを覗き込み、紅枝垂れ桜《べにしだざくら》の写真を撮ろうとした時、僕は自分の体を自分で支えることができずに、その場から崩れ落ちた。

――『ねぇ、隆哉君も誘おうよ』
――『えー、いやだよ。隆哉君がいるとほら、だって今春だし、怖いよ』
――『そうだね。やめておこうか』
あれは小学5年生だったころ。僕の周りで変な噂が流れ始めた。

春になると、隆哉の周りではおかしなことがよく起きると。

一番初めに起こったのは、10歳の春だった。

満開の桜が風で舞う、昼休みだった。

『隆哉、行くぞ』

僕たちは、クラスメイト数人でサッカーをして遊んでいた。

サッカー部の友達に太刀打ちできるはずはなかったが、僕は純粋にサッカーが好きだったし、友達とサッカーをするのが楽しかった。

その時、サッカー部に所属している友達が思いきり蹴ったボールが、こちらに向かって飛んできた。

かなりスピードに乗ったそのサッカーボールを、僕は「怖い」と思ってしまった。

その時だった、飛んできたボールが、突然、目の前から消えたのだ。

『え……?』

『どういうこと……?』

サッカーという競技は皆、サッカーボールを見ている。その状況を皆が見ていた。

友人たちは、唖然としていた。もちろん僕もだ。

なくなるはずのないものが、突然、目の前から、なくなったのだ。

このことは、たいした事件も起こらない平凡な小学生の間では大変な騒ぎになった。教室にサッカーボールを持って帰らなかったせいで、担任の先生は激怒し、5時間目をつぶしてみんなで探しにいくことになる。しかし、サッカーボールは見つからなかった。

そして、一週間後、隣町の桜の木の下から「○○小学校　5‐2」と書かれたサッカーボールが出てきたのだ。

三日後、また僕の周りで異変が起こった。

桜並木の近くにある自転車置き場から、度々自転車がなくなった。その自転車は、すべて僕のと同じタイプの赤い自転車だった。消えた自転車はしばらく見つかることはなく、ちらほらと「僕」が消したんじゃないかと囁かれるようになる。

――『市井君、好きです。付き合ってください』

――『いや、僕は……』

高校生になった僕は、家からかなり離れた高校に入学した。同じ小・中学校の子はほとんど通わない高校を選んだからだ。その高校へ入学したばかりのころだった。
真新しい制服に身を包み、満開の桜の下をドギマギする気持ちを隠しながら歩いていた時、知らない女の子に呼び止められた。突然のことだった。
彼女は、黒い髪を揺らして、僕のそばまでやってくる。
手には一通の手紙を持っていた。ラブレターと呼ばれるものだろうか。
その子は見覚えのある制服を着ていた。だから同じ学校の子だろう。それはわかってはいたが、僕はその子の名前も顔も知らない。もちろん、話したこともなかった。
──『市井君、好きです。付き合ってください』
──『いや、僕は……』
──『ずっと好きでした』
──『……』
──『ずっと、見ていました』
手紙を差し出しながら、僕に向けてそう言った彼女の言葉に、胸がズキンと音を立てた。
──『ずっと、見ていました』
その言葉が僕の頭の中で木霊のようにリピートされている。僕の中の小さな僕は、

その言葉に過剰に反応していて

『いつから見ていたの？』

『僕の過去を知っているの？』

『あのころの僕を、囁きの対象になってしまった僕までも、知っているのか？』

当時を思い出しては、胸が苦しくなってくる。

――『ずっと、見ていました』

もう一度その言葉が脳内で再生された時、僕は、目の前にいる彼女を「怖い」と思ってしまった。

その時だった。

突然、目の前からラブレターが消えた。

突然、消えたラブレターに、彼女は「どうして……」と僕を見た。

僕がどこかへ捨てたと思ったのだろうか。

僕は静かに首を振った。何もやっていなかった。

女の子は混乱し、泣きだし、走り去った。

その後、僕たちは学校で出会っても、互いに知らない人を演じていた。いや、どちらかというと、彼女に避けられていたように思う。

目の前でラブレターを捨てる、ひどい奴だと思われていたのかもしれない。

しかし一か月後、彼女がくれたはずのラブレターが、近くの公園の桜の木の下から出てきた。

それを見つけたクラスメイトが黒板に張り出して……。やじ馬たちが集まって……。

彼女が泣いて、彼女の友達が激怒して……。責められ、詰められた。

『僕は何もしていない。勝手に消えてなくなったんだ』

そう言っても、誰も信じてはくれなかった。

そのうち、どこかの誰かが、過去の僕の噂を聞きつけて、尾ひれをつけて僕の噂が広がっていく。

それから、僕は桜が嫌いになった。春は、人を避けるようになった。


10歳のころから、桜に近づけば、イヤなことが度々起こった。

きっかけはわからないし、それはすべて偶然かもしれない。

今思うと些細なことなのかもしれないが、麻痺しすぎて、自分ではもう確かな感覚がわからなくなっていた。

けれど、当時の僕には些細なことが積もりに積もって、僕は、春が、桜が、女の子が、苦手になったのだ。

だから、桜にさえ近づかなければいい。春だけ目を閉じて生きればいい。

そう思っていた。

でも今年は、原因を知りたい。逃げるだけじゃなく、乗り越えたい。

そう思って、動き出したばかりなのに——。


目を開けると、そこは車の中だった。

記憶が途切れている。僕はどうして、見知らぬ車に乗っているのだろう？

ふと窓の外から赤みを帯びた光が差し込んできて、そちらに目を向ける。映る景色に見覚えはなかった。腕時計を見ると、随分時間が経っている。もう夕方だ。

運転席に人影が見えた。シルエットは母親にそっくりだけれど、母の髪はこんなに短くないし、これほど黒くもない。

美容室に行ったのかな？　いや、車が違う。

いったい誰？

ぼんやりする頭の中で考えていると、ふと思い出した。……ここは京都だ。

「……千恵子おばさん？」

「あぁ、隆ちゃん、もう大丈夫？」

「うん。平気……僕、どうしたの？」

ぼんやりする頭を無理やり動かして訊いた。

「隆ちゃん、朝から京都観光に行くって言うてたけど、迷ってへんかな、大丈夫かなって心配になって電話してん。そしたら、女の子が出て、突然、目の前で隆ちゃんが倒れたっていうから。慌てて迎えに行ったわ」

あぁ、そうだった。

僕は、見事な八重《やえ》の枝垂れ桜を目の当たりにし、その場に倒れ込んでしまった。そこからの記憶はない。

「ずっとその子が付き添ってくれたんよ」

そうか……助けてくれた人がいたんだ。

ずっと付き添ってくれた子というのは、どこの子だろう？

僕の後ろで桜を見たがっていた女の子だろうか？

「隆ちゃんのポケットの中に、ハンカチが入ってるやろ？」

「え？」

僕は自分のポケットを探る。本当だ。見覚えのない、水色に花柄の刺繍が施されたハンカチが入っていた。

「それ、その女の子のやねん。一所懸命、隆ちゃんの冷や汗をふいてくれてはったわ」

「そうなんだ……」

「隆ちゃん、ほんまに無事でよかった」

優しい声で、叔母さんがそう言った。

車は通りを北上していく。

ゆるやかな坂を上りながら、流れゆく景色を見つめていた。ぼんやりと揺れ動いていた意識がゆっくりと戻っていく。

途中、「一応、病院へ行こうと思ってるんやけど？」と言う叔母さんに、僕は「ただの貧血だから」と答えた。嘘だけれど。

車内から外を見ていた。

藍色の空が、西の方から赤く染まっていく。茜色に染まった空に、木々の緑がよく映える。美しい景色だと思った。

互いに会話をせずに時間が過ぎていた。しばらくして、何気なくバックミラーに目をやると、叔母さんが目を細めてこちらを見ていた。

僕の体調を気にかけてくれているのだろう。

「もう平気だから。心配かけてごめんね」

そう僕は言った。本当に、大丈夫だった。

「そうか。よかった」

叔母さんは朗らかな笑みを見せたあと、何事もなかったかのように世間話をだした。

ゆったりと話す叔母さんの話に、僕も耳を傾ける。

「隆ちゃん、覚えてる？　この辺のこと」

「なんとなくは覚えてるけど、詳しくは……」

濁すように答えた。

「最後に来たのは10歳の時やったもんな」

「そうだね」

叔母さんの住む街は、京都の中心部にありながらも、豊かな自然を感じ取れる場所であった、ということだけはしっかりと覚えている。

叔母さんの家が、疏水沿いの遊歩道である『哲学の道』に近かったことも関係していると思うけれど。

「そういえば、哲学の道って、どうしてそう呼ばれるようになったんだっけ？」

ふと頭に浮かんだ疑問をぶつけてみた。幼いころは、あまり不思議に思わなかった。

「哲学の道は、哲学者、西田幾多郎《にしだきたろう》が、思索にふけりながら散歩していたことで有名になったんやで。当時は『思索の道』って呼ばれてたそうやけど、西田幾多郎の弟子や他の哲学者も同じ道を好んで散歩しはじめて、正式に『哲学の道』と名付けられたんや」

叔母さんの言葉に、なるほど、と頷く。

「哲学者だけじゃなく、芸術家や作家もよく散歩に来てはるって噂やな。あの道に、なにか感じるもんがあるんやろうか」

「そうなのかもしれないね」

ポツリと答えてから目を上げると、またバックミラー越しに目が合った。叔母さんは目を細める。その表情は、母によく似ていた。

母と叔母さんは、双子だからだ。

母さんは、よく二人は通じ合っていた。と言っていた。

結婚後も子どもができなかった叔母さんだったが、母が僕を産む時、ずっとお腹辺りが痛かったと言っていたそうだ。

僕を大切にしてくれるのは、母と叔母さんが通じ合っているから、なのだろうか。

「でも、隆ちゃんが京都に来てくれるなんて、思わへんかったわ」

「お役にたてるといいんだけど」

そう言って、微笑んだ。

10年ぶりなのに、毎年会っているような安心感は、母と似ているからなのかもしれないな。

「お役って何ゆうてんの。久しぶりの京都やろ。ゆっくりしていきな」

「え？　ゆっくりって？　叔父さんがぎっくり腰で、和菓子屋が大変だから手伝いに行けって母に言われたんだけど」

「まぁ、香、そんなこと言ってたん？　お父さんはぴんぴんしてるで。ぎっくり腰になったんは、半年前かな」

「ええ⁉」

驚く僕。再びミラー越しに叔母さんと目が合った。叔母さんはニヤリと笑う。この笑い方、母と似ている。

「そのつもりで来たんやったら手伝ってもらおうかな。春の和菓子屋は大忙しやから、助かるわ。隆ちゃん頼むで」

「は、はい……」

母にはめられた……。


次の日から僕は、店で働くことになった。

アルバイトは僕を入れて4人だった。

シフト制になっており、二人ずつが交代で店に入る。

叔母さんが経営する店は、小さな和菓子屋だが、銀閣寺《ぎんかくじ》から南禅寺《なんぜんじ》まで続く哲学の道沿いに店舗を設けているためか、春は特にお客が途切れない。

イートインコーナーがあることもあり、接客、販売と、素人の僕にでもできる仕事は山のようにあった。

店舗の奥で手造りされているおはぎや大福が、この店の名物のようだった。

生憎、満席だった場合は、川沿いの椅子に座って食べることもできるが、その場所もいっぱいになると、手持ちのスタイルをとることに驚いた。

大福を和紙に包んで、桜を見ながら食べ歩きするのだ。

チリンと鐘の音が鳴って、横開きの扉が開けられた。

若い夫婦と5歳くらいの男の子が店に入ってくる。

入り口正面に置かれたショウケースの中に、きなこのおはぎ、あんこのおはぎ、最中や桜餅、桜団子、三色団子などが並べられてある。

その中で一番人気なのが、叔父さんが作る柔らかなお餅の中に、甘すぎないこし餡が入った大福だ。

「僕は、塩大福にしようかな。君は?」

「私は桜餅にしようと思う。この子は、桜団子」

家族は手持ちを希望したので、紙に包んで渡すと、笑顔いっぱいの花を咲かせて店を出て行った。

叔父さんが作った和菓子を手に持ち、家族が哲学の道へと向かう。

手には和菓子。空には桜吹雪。哲学の道沿いに流れる疏水に桜の花びらが流れている。

店舗の前には、桜が咲き誇っている。

正直、初めは動揺した。この桜を見ながら、僕は仕事ができるのだろうか、と。

けれど、僕は諦めていた。

初日に、気を失ったこともあるのだろう。

もし、この場所でまたうまくいかなかったら、諦めようと思った。素直に叔母さんと叔父さんに理由を言って、東京へと帰ろう。

厨房で、繊細な和菓子を作る叔父さんを見ながら、そんなふうに思っていた。

この春は、母の言うとおり、僕は誰も知らないこの町で、ゆっくり過ごそう。

誰の日も気にせずに――。


バイトは順調だった。困ったことも起こらない。

そして、和菓子屋のバイトを始めて三日が経った時だった。

チリンと鐘が鳴り、木製の引き戸が外から開けられる。

「いらっしゃいませ」

と言いながら、入り口を見た僕は、驚きのまま動けなくなった。

「こんにちは」

そこに、彼女が立っていた。

平安神宮で僕に声をかけた女の子だった。

# 第三章

引き戸式の扉を開けて、彼女は店内に入ってきた。

「わぁ」

と声を漏らす彼女の瞳に映っているのは、叔父さんが作った華やかな和菓子たちだ。

彼女は「どれにしようかな……」と独り言を言いながら、ショーケースの中を覗いている。

彼女の頭の天辺が見える。正面から顔が見えないのが辛い。

きっと、あの時の彼女だと思うのに、確信が持てない。

倒れる前に見た記憶だからか、彼女の顔をはっきりと覚えているわけでもなくて……。

けれど、彼女を見た瞬間、僕の中の何かが反応した。あの感覚は、間違いじゃないと思いたかった。

サラリと流れる栗色の髪に、透き通るような白い肌が見えた。

「あの」

黙って彼女を見下ろしていた時、何処かで聞いたことのある高い声で彼女が言った。

「はいっ」

思わず声が上擦る。恥ずかしい。

「どの和菓子も美味しそうで決められなくて……おすすめは、どれですか?」

ずっと、ショーケースを見ながら話していた彼女が、ふと目を上げた。

パッと、花が咲いたような女の子だと思った。

第一印象で大きいと思っていた瞳は栗色をしていて、目鼻だちが整った愛らしい少女のようだった。

返事をしない僕に小首を傾げるその仕草は、自立した気品のある女性のようにも映る。

きっと、彼女はその中間にいるのだろう。

「あの……」

先ほどから何度も声をかけられているにもかかわらず、何も言わない僕を見て、彼女は困ったように目を細める。

おすすめを言わなきゃと思うのに、思考が固まっている。声が出ない。

「どの和菓子もおすすめなんですが、若い女性に人気なのは、こちらの桜餡を使った商品ですね」

左下から柔らかい声がした。そちらを見ると、千恵子おばさんが助け舟を出してくれていた。僕がおすすめの商品がわからず、固まっていると思ったのだろう。

「桜餡ですか?」

「そうです。桜餅、桜団子、桜大福。どれも当店自慢の桜餡を使って作った和菓子です。見た目も可愛いゆうて、若い女の人に人気ですよ」

「そうなんだ。じゃあ……これにします。桜餅を一つお願いします」

「おおきに。少々お待ちくださいね」

千恵子おばさんは彼女に優しい笑みを向けてから「隆ちゃん頼んでええ?」とこっそり呟いた。

「はい」

僕は慌てて返事をして、ショーケースを開ける。

二枚の桜葉に包まれた桜餅は、『菊屋』を代表する和菓子の一つだ。

桜葉の香りがほんのり漂う中、そっと桜餅をトングで挟んで手持ち用の包み紙に入れた。そういえば、この間、叔父さんが言ってたな。

『ここの桜餅は、関西風桜餅《かんさいふうさくらもち》や』と。

『関西風なんてあるんだ』

『関東のほうは餅粉で作るそうやけどな、関西は道明寺粉《どうみょうじこ》を使って作るんや』

『へぇ……』

と声を漏らす僕に、

『あと。桜餅は、春の深まりとともに、桜の色を深くするんや。今は春の始まりやから、薄いピンクにしてる』

とも言ってたっけ……。

しっとりと柔らかい薄桃色の道明寺粉、丁寧にこされた上品な甘みのこし餡。

叔父さんが作った桜餅、彼女は喜んでくれるかな……。

そんなことを思いながら桜餅を手にしていると、千恵子おばさんに耳打ちされた。

「隆ちゃん、はよ渡してや」

「あ、すいませんっ」

お待たせしました、と僕が桜餅を渡すと、彼女は目を弓なりに細める。

「わぁ、綺麗。美味しそう」

僕は感嘆の声を上げる彼女を見ながら、これから色づく花びらのような、うっすらとしたピンク色の桜餅は、彼女によく似合うな……と温かい気持ちになる。

「ありがとうございます」

「おおきに」

彼女の手の中にある桜餅と、桜餅を持つ彼女を見比べている間に、彼女は引き戸式の扉を開けて出て行ってしまった。

わ、僕は何をしてるんだ。

僕を助けてくれた彼女に、きちんとお礼を言わなきゃいけないのに！

「隆ちゃん、こっちの片づけお願いできる？」

「え？」

小さくなる彼女の背を見つめる僕に、叔母さんから声がかかった。

どうしようと思っているうちに、右手に曲がった彼女の姿は見えなくなった。

「千恵子おばさん、ごめん！　すぐ戻るからっ‼」

僕は咄嗟にそれだけ言って、白の割烹着姿のまま、外へと飛び出した。

外へ出ると、明るい春の日差しが目に飛び込んできた。

その眩しさの中にヒラヒラと舞うのは、花びらだった。

哲学の道沿いに咲く桜のトンネルから、薄桃色の花びらが舞っている。

今から、桜吹雪の下へ、行くのか。

そう思うと、少しだけ足が怯んだ。

やめておくか？ と僕の中の小さな僕が訊いてくる。

いや、と僕は首を横に振った。

一瞬戸惑ったが、このまま『菊屋』に戻る気はさらさらなかった。

彼女に会いたい。そして一言、お礼が言いたい。

春を乗り越えようと知らない町へ来て、すぐ倒れてしまった僕を助けてくれた女の子に、きちんとお礼が言いたいのだ。

一つ息をついてから、僕は再び駆け出した。

桜色の花びらが舞う哲学の道沿いに、一人だけ目を惹く女の子がいる。

先ほどは気づかなかったが、彼女は水色のストライプ柄のワンピースを着ていた。

膝上の裾から見える細い足は、とても白い。

艶のある栗色の髪をなびかせて、春の空を見上げながら歩いている。

美しいな……と僕は思う。

彼女を見ていると、呼吸の仕方を忘れるようだ。

しばらくすると、八重桜のひとつを見終えた彼女が再び歩き出そうとした。僕は慌てて、駆け寄り——。

「あのっ、すみません！」

声をかけた。

僕の声は哲学の道中に鳴り響いただろうか。

彼女以外の人たちも振り返り僕を見ていたが、誰とも目が合うことはない。僕の眼に映るのは、一人だけだからだ。

瞳の中に映る女の子が、スローモーションのようにこちらを向く。

不思議そうな顔でじっくりと僕を見つめ、「あ」と声を漏らした時、言葉を重ねるようにして僕は言った。

「先日は、ありがとうございました‼」

先ほどより大きな声だった。

「……もしかして、平安神宮で会った人ですか？」

向かい合う彼女は、小首を傾げて訊いてきた。艶のある茶色の髪がサラサラと流れて美しい。切りそろえられた髪が肩元へ戻ると、僕はかぶっていた白帽子を脱いで、頭を下げる。

「はい。あの時は、ありがとうございました」

足元に小さな水たまり、その水面を泳ぐ桜の花びら。そこに映るのは、ゆらゆらと揺れる彼女の姿だ。

僕がゆっくりと顔を上げると、彼女は柔らかく微笑んで、言った。

「そうでしたか……あれから心配していたんです」

彼女の手には手持ちの桜餅がある。微笑む彼女の頬も桜色に見える。

桜ばかりの世界にいると、いろんなものが桜色に染まって見える。

「……無事で、よかった」

そう言う彼女の瞳の奥にも、頬にも、桜の色がほのかに混じっていた。

彼女の立ち姿に僕はなぜか見入ってしまって、何も言えなくなる。

会話を忘れたような僕に向かって、彼女が戸惑いの表情を見せた。

呼び止めただけで、気の利いた言葉も思いつかない。

歯がゆい気持ちで言葉を探していると、彼女が、「あの、もしよかったら……」と言葉を続ける。

「こっちへ行きます？」

そう言って、道端に書いてある看板を指さした。

そこは、川沿いから離れた小路だった。

道行く人の注目の的になってしまった僕を、人通りの少ないほうへ誘導してくれたのだと気づいたのは、小路をしばらく歩いてからだった。

言われるまま、少し歩くと、二人掛けの木製のベンチが置いてあった。

彼女はそこを指さすと、反対の手で持っていた桜餅を僕に見せるように持ち上げて、

「もし、よければ、これ食べ終わるまで付き合ってもらえませんか？」

少しだけ恥じらいの混じった声で、そう言った。

「この桜餅、さっき一口食べたらとっても美味しかったんです！　だから、座ってゆっくり食べれたら、と思っていたんですけど、店内は満員だったし、外の椅子もいっぱいで、どうしようかと悩んでいたんです」

美味しいものはじっくりと味わいたい性格で。そう言う彼女に、僕は、

「そうだったんですね。混雑していてすみません。そういうことなら、もちろん、喜んで」

「ありがとうございます。助かります」

彼女の笑顔を見た僕は、そっとベンチに腰掛ける。

人一人分以上、間隔を開けたベンチの端に腰かけた彼女は、「いただきます」と小声で呟いてから、桜餅を一口食べた。

「う〜ん！　美味しい！」

そう言って、こちらを見る彼女。

春の日差しを反射した瞳が、先ほどよりも近くにある。

「ありがとうございます」

と、僕は頭を下げた。

僕も叔父さんの作る和菓子が、世界で一番美味しいと思っている。

「これ、僕の叔父が作っているんです」

「そうなんですね！　桜餅だけじゃなく、いろんな和菓子を買えばよかったなって、後悔していたところなんです」

「京都の方じゃないんですか？」

この辺りに住んでいる人なら、いつでも買いに来れるだろう。

初めて出会ったのが平安神宮だったこともあり、勝手に京都の人だとばかり思い込んでいた。彼女も僕と同じ、京都以外から来た人間なのだろうか？

「はい。私は春休みを利用して京都の親戚の家に遊びに来ているんです。京都にいれるのは期間限定。春が終われば、地元へ帰ります」

「わ、僕と一緒だ」

「え？」

「僕、大学生なんですけど、春休み中だけ京都に来ているんです。僕も期間限定です」

「……期間限定のアルバイト中、ということですか？」

「はい。先ほどの『菊屋』というお店が、僕の叔父と叔母が経営している和菓子屋なんです。それで春休み中だけ、東京から手伝いに来ていまして」

「そうでしたか」

「あなたは？」

「え？」

「あなたは、どちらから？」

「私は……」

「お近くですか？」

「……はい。京都ではないのですが、同じ関西圏の小さな田舎で暮らしています」

「そうでしたか……」

穏やかな町で生まれ育ったと言われたら、そんな感じがした。

透き通る肌も、彼女の持つゆったりとした雰囲気もすべて、今まで出会った女の子の中には、ないもののように思えた。

「あなたは、東京の方なんですね。先ほど、隣に立たれていた方と雰囲気がとてもよく似ておられたので、親子で経営されてるのかと思いました」

「叔母と母が双子なんです。だから、僕と叔母も似ているんでしょうね」

叔母も母も、包み込まれるような温かさがある人だ。

二人とも僕とは正反対の人だと思っていたから、自分と叔母が雰囲気が似ていると言われたことは、とても嬉しかった。

「ほんと素敵な和菓子屋さんですよね。和菓子は美味しいし、働いている人たちは優しいし、とても居心地の良い雰囲気で。京都でアルバイトがしたくなるのも、わかります」

「……ありがとうございます」

大好きな叔父さんと叔母さんのお店までも褒めてもらえて、照れ隠しに笑った。

嬉しかった。

彼女ともう少し話ができたら、なんて思う自分に気づいた時、ポケットの中に入れていた携帯が鳴り響いた。

ポケットから取り出し画面を見ると、「千恵子おばさん」の表示が目に飛び込んでくる。

そうだ。今日は特にお客さんが多い日曜日。しかももう一人のアルバイトの女の子が、突然の休みで、店舗に出ているのは千恵子おばさんと僕の二人なのだ。

携帯の画面を見て、僕の顔は真っ青になった。

やばい、店が大変なことになっている。

「すみません！　店が忙しいみたいで、すぐに戻らなくてはいけなくて！」

「そうでしたか。お忙しいのに、ごめんなさい！」

引き留めたのは僕のほうなのに、逆に謝られてしまった。

「僕が引き留めたのに、ゆっくりできなくて、すみません」

「いえ、私もあれから大丈夫だったかなって気になっていたので、声をかけてくれて嬉しかったです」

先に立ち上がった僕を見上げる、彼女の黒目がちな大きな瞳。

スッと通る鼻筋に、薄く紅がひかれた唇。ワンピースの上からでもわかる細身の体。

ワンピースのポケットから、少しだけ顔を覗かせるのは、桃色のハンカチだった。

「あ」

ハンカチ――！

僕はどうしてこんなに、段取りが悪いのだろう。

彼女を見かけたらお礼を言って、洗ってアイロンをかけておいた水色のハンカチを返そうと思っていたのに。手ぶらで追いかけるなんて、バカだろう、自分。

慌てふためく僕に、彼女はクスリと笑ってから。

「じゃあ……また今度、お店にとりに行ってもいいですか？」

「ええ！　いいんですか？」

「もちろんです。それに他の和菓子も買ってみたいな、と思っていたので」

「では、その時に……」

そこまで言って、気づいた。僕は彼女の名前を知らない。自己紹介もしていない。ポケットの中では、千恵子おばさんからのSOSを知らせる振動が続いている。ゆっくりはしていられない。

「あの、失礼ですが、お名前、教えてもらってもいいですか？」

「私は……佐倉雪《さくらゆき》と言います」

＊

千恵子おばさんが作ってくれた朝食を食べ終わり、僕は庭に目を向けた。

叔母さんが育てている鉢植えの花と、叔父さんが手入れしている盆栽が並んでいる。

太陽を浴びているのは、石灯篭。僕の日常の中にはない風景をぼんやり見ながら、居間でくつろぐ叔父さんと叔母さんの長閑な会話を、聞くともなしに聞いていた。

僕は、そのまま、縁側にバタンと寝転がった。

「隆ちゃん、どうしたん？」

「腹でも痛いんか？」

大の字に体を広げて突然、寝転んだ甥に、叔父さんたちは驚いている。唐突なことをしてしまったのか、と少し反省しながらも、僕は目を瞑って言った。

「なんだか気持ちがいいなーと思って」

背中の下の縁側が、ほんのり冷たい。

ずっとこのまま寝ていたい気分だった。

「今日はこんなにいいお天気やし、どこか遊びにでも行ってきたら？」

そう言って僕の顔を覗き込むのは千恵子おばさん。下から見る顔も母に似ているな、と思う。

「いや、いいよ。休みをもらっても困るよ。僕、店に出るよ」

「あかん。今日は休みの日やったやろ？　休みの日は、きっちり休む。これは、我が家の、そして『菊屋』の決まりやで」

キッパリと言い切る叔母さんに、口答えなんてできるはずもなく、

「なら、お言葉に甘えようかな。叔母さん、ありがとう」

そう言いながら、ゆっくりと起き上がる。

本当は店に出たかったんだけどな……。

――『じゃあ……また今度、お店にとりに行ってもいいですか?』

そう言った彼女、佐倉雪さんとの約束をまだ果たせていなかったから。

休みの日をもらっても、たった一人でどこへ行けばいいというのか。

行くところに困るくらいなら、こっそりと叔父さんの和菓子作りの手伝いでもするべきだったかな。いや、ああ言ってくれた叔母さんの手前、店に出ることはできなかったか。

店内に入ってすぐ、僕のような大柄な大学生がショーケースの前で立っていると、怯む女性客は少なくなかった。

千恵子おばさんが隣に立ってくれていたら、9割の人は、千恵子おばさんに声をかける。接客業向きの容姿ではないことは自分でもわかっていた。

だからなるべく叔母さんのいる時は、販売やレジは叔母さんに任せ、僕は配膳をし

たり、お客さんが去ったあとの片づけに回ったりしていた。

本当は、叔父さんと一緒に作業場に入りたかった。僕も和菓子を作りたいと思っていたのだけれど、何年も修業を積んだ叔父さんに向かって、そんな言葉を簡単に言えるわけもなかった。


行く当てのなかった僕は、叔父さんの家を出て、ふらふらと歩いた。

琵琶湖疏水沿いに設けられた散歩道を歩き、銀閣寺方面へと来た。

銀閣寺とは、室町幕府8代将軍足利義政《あしかがよしまさ》が建設したお寺で、正式には慈照寺《じしょうじ》という。

ふと、銀閣寺が佇む東山の長い坂の奥に、静寂な時が流れているような気がして、僕は銀閣寺をめざしたのだ。

銀閣寺の総門に着いた。中門まで、約50メートルほどの、竹垣で囲まれた参道がある。

下には石垣、背後に生垣を組み合わせた作りになっていた。

一人旅なので、誰と話すこともないのだが、この場所で声を発したところで、竹垣に吸い込まれるような錯覚に陥る。

まるで外界をシャットアウトするかのような高い竹垣に圧倒されて、歩くスピードが極端に遅くなった僕の耳に、ふと誰かの話し声が届いた。

僕の後ろを歩く人たちが近くまで追いついて来て、この竹垣のことを話しているようだった。

「この竹垣は銀閣寺垣《ぎんかくじがき》と呼ばれる竹垣でな、現実世界と極楽浄土の境界を表しているんやで」

京都の人だろうか？　叔父さんと似た話し方だった。

聞き耳を立てていたわけではないけれど、その声は僕にも聞こえた。

まっすぐに切りそろえられた竹垣に、そんな意味があったなんて知らなかった。

東山を背に立つ銀閣寺を目指しながら、そこに静寂の世界が待っていると思ったのは、間違いじゃなかったのだ。


僕はゆっくりと足を進める。

竹垣を出て、次に僕が惹かれたのは、僕の背丈ほどある、富士山を思わせるような盛り砂だった。向月台《こうげつだい》と題されたその盛り砂があまりにも美しくて。入り口でもらったパンフレットの説明書きを読むと、『東山に登る月を眺めるため、作られた台』と書かれてあった。

現代アートのような斬新な佇まいの盛り砂が、月を眺める台だったなんて……。

銀紗灘《ぎんしゃだん》と呼ばれる砂は湖の波を表現しており、光が当たると波のようにキラキラと輝く。花頭窓《かとうまど》から見える景色は、風景画のように美しかった。

銀閣寺の美しさは、何故か僕の心の奥に眠る何かをくすぐるように、熱くさせた。

本堂を通り、東求堂《とうぐどう》付近の道から細い山道を登って行くと、空の青がパッと広がった。

山の上から、銀閣寺全域と、その奥に京都市街全体が見渡せた。

思わず、ため息が漏れた。

僕は、銀閣寺の飾らない美しさに見惚れていた。

現代アートのようでありながらも、義政公の想いの詰まったこの寺を、なぜか僕は親しみを込めて見ていた。

僕は、なぜこれほどまでにこのお寺に惹かれるのだろう?

最高の景色を見せてくれる銀閣寺に感謝しながら、パシャリと1枚の写真を撮った。

切り取られた絵は永遠。

僕にこのお寺の美しさを、永遠に伝え続けてくれる。

シャッターを切りながら、ふと思い出したのは、平安神宮でのことだった。

僕が倒れたあの時、記憶をなくす瞬間、僕の眼が映していたのは、一眼レフを持ち、見事な八重の枝垂れ桜を撮る彼女。

雪さんの姿だった。

彼女もこんな気持ちだったのだろうか？

美しさに心が震え、その一瞬の美を永遠に残すために、写真を撮っていたのだろうか……。


銀閣寺の本堂、銀閣を見学し、東山の坂を下る。

バスが停まっていたので、それに乗り込んだ。

バスは岡崎のメインスポットへと向かっていた。行く当てのなかった僕は、バスに行く先を任せた。

到着した場所は、京都へ来たばかりの日、立ち寄った平安神宮前だった。

大きな朱色の鳥居が見える。この辺りがやはり、岡崎のメインスポットなのだろう。

美術館やお洒落なカフェ、大型書店などもある。

どこへ行こうかと歩いていると、人の流れが向かうところがあった。何気なく僕も後についていくと、そこは動物園だった。人の流れはよく見ると、カップルと親子連れが多かった。

動物園を通り過ぎ、大通りを真っ直ぐに歩いて、左手に曲がる。動物園沿いに流れる川を舟が一隻、進んでいた。

川沿いには満開の桜が色を添え、温かな春の風に髪をなびかせながら、人々が舟遊びを楽しんでいる。橋から手を振る親子に向かい、舟に乗る観光客も手を振りかえす。

楽しそうだな、と思った。

この川は、どこへ続いているのだろう？

導かれるように、舟乗り場の近くへと歩いていった。

大きな看板の前で立ち止まっているのは、僕だけじゃなかった。

「岡崎《おかざき》桜《さくら》回廊《かいろう》十石舟《じっこくぶね》めぐりは期間限定ですよー。いかがですか？」

舟乗りのおじさんが、声をかけ、観光客を誘っている。

「乗りたいな、でも、一人だし……」

僕と同じ気持ちを口にする人が、ちょうど僕の前にいて、頷く。

一人で観光するのは気楽で楽しいけれど、こういう時は誰かと楽しみを共有できたらと思うよな。若い女の子ならとくに、舟に一人で乗るのは気恥ずかしいか。一人で牛丼を食べに行けないって、聞いたこともあるし。

「やっぱりやめます」

と言い、歩き出した女性の横顔が見えて、僕は思わず声を出した。

「え？　ゆき、さん？」

『京都岡崎』と書かれたパンフレットを片手に、看板の前に立っていたのは、間違いなく雪さんだった。彼女は僕を見て、大きく目を見開いた。

「え⁉」

僕の顔を凝視しながら、探るように彼女は言った。そうだ、僕はまだ自己紹介もしていなかったのだ。

「すみません。まだ名前を言ってなかったですよね。僕、市井と言います。市井隆哉《いちいたかや》です」

「市井……隆哉君」

言いながら、彼女はしっとりと僕を見つめる。

「はい」

頷く僕に、彼女はぎこちない笑みを浮かべた。彼女らしくない笑顔だと思った。

「どうしたんですか？」

「いえ、あの……」

「そろそろ出発しますが、大丈夫ですか？」

その時、看板の前にいるおじさんに呼び止められた。

「はい。行ってください」

そう返事をしながら舟を見つめる彼女。その瞳は、とても名残惜しそうに見えた。

──『乗りたいな、でも、一人だし……』

ふと先ほど彼女が言っていた言葉を思い出した。

あぁ、そういうことか。彼女はこの舟に乗りたいのだ。

「いえ、乗ります。二人分お願いできますか？」

僕は咄嗟に二人分の切符を買って、琵琶湖疏水へと繋がる階段を下りる。

「雪さんも早く」

その声に驚いた様子の彼女が「え⁉　は、はいっ」と言いながらついてきた。

川の両側を挟むようにして、背の高い桜の木々が立っている。桜は、川に向かって大きく花を咲かせている。

舟に乗り込んだ僕たちを「いってらっしゃい」と送り出す舟乗り場のおじさんに軽く手を振ると、舟はゆっくりと動き出した。

向きを変える舟に、嬉しさのあまり陽気な声を出す子どもたち。「楽しみだね」と言う大人たちの囁き声も、聞こえる。

ざわつく空気を切り裂くように、ポーッと大きな汽笛が鳴った。いよいよ、京都の町へ出発だ。

「思っていたよりも、速いですね」

舟は、もっとゆっくりと進むものとばかり思っていた。

「うわっ」

雪さんの被っていた帽子が、風に吹かれ飛ばされた。僕は慌てて帽子をキャッチして、そっと手渡した。彼女はにこやかな笑顔を向ける。

「ありがとうございます」

「まさか、こんなところで再会するなんて思わなかったです」

折りたたみ式の帽子を鞄の中に片づける彼女に向けて、僕は言った。

「私も」

次、再会する時はきっと『菊屋』でだろうと思っていた。桜餅以外の和菓子を買いに来た雪さんにハンカチを返すのだ、と。そのために毎日、ハンカチを入れた小さな紙袋をレジ横に置いておいたが、雪さんはなかなか来なかった。

「実はさっきお店に、『菊屋』さんに行ってきたんです。そしたら、お休みだって言われて」

「ええ？　そうだったんですか！　すみません」

休みの日をちゃんと伝えておくべきだった。

「いえいえ。そんな、私も突然行ったので」

「それで、今日は一人で京都観光に？」

「はい。この辺りを散策していて、たまたま船を見つけて。十石舟に乗ってみたいなぁと思っていたのですが、一人では乗りにくくて。一緒に乗ってもらえて助かりました。

……あ、そうだ」

そう言いながら、彼女は麻のトートバッグから、自分の財布を取り出そうとする。

「いえ、結構です」

「え、でも……」

「お礼ですから」

「お礼って？」

「平安神宮で助けてもらったお礼です」

僕は彼女の前で、カッコの悪いところしか見せていない。

初めて会った時は、目の前で倒れるし、その後、哲学の道で再会した時も、返したかったはずのハンカチを持っておらず、もう一度とりに来てもらうことになり、しかも来てくれた当日、店にいなくて……。

迷惑をかけてばかりだったので、舟代はお礼ということにしてもらいたかった。

このままでは、自分の気が済まない。

「……ほんとに、いいんですか？」

「いいんですっ！」

知らぬ間に、テレビでよく見るサッカー解説者の言い方になっていた。

僕の声に彼女がブッと噴いて。

「今の似てました」

「いや、真似をしたつもりじゃなかったんだけど」

後頭部に手を添える僕の横で、彼女はまだケラケラと笑っている。

ナチュラルに笑う彼女を、可愛いと思った。

でも、僕はすぐに彼女から目を逸らした。

僕は、今でも女の子は苦手だ。過去の出来事や、この人ならと思い、心を開きかけた芹沢彩香のことを思い出すと、今でも締め付けられるように胸が苦しい。

――『春の市井君は、怖い』

ふと過去に言われた言葉が、不意打ちのように胸に刺さって、同時にネガティブな想いまでも込み上げてきた。

春の僕は怖い、そう言われる僕の秘密を、もし雪さんに打ち明けたら、雪さんはどう思うのだろう？

やはり、皆と同じように思うのだろうか？

僕を奇妙に思い、彼女も僕のそばから去っていくのだろうか？

彼女の表情を窺おうとそっと顔を上げると、丸くて大きな瞳がこちら見ている。長い睫毛に縁取られた深い茶色の瞳が、静かに揺れ動く。

僕と目が合うと、彼女はキュウと口角を上げて、屈託のない笑顔を見せた。

彼女の笑顔に、僕のネガティブな発想は掻き消される。彼女には不思議な力があるようだ。

「ありがとうございます。じゃあ、次は私が出しますね」

「いやいや、それはいいよ」

「いいんですっ」

先ほどの僕の真似をして笑う彼女。

僕の笑い声を掻き消すように、舟の屋根がゆっくりと下がっていく。

「何、何？」

急に下がってくる舟の屋根に彼女は驚き、身を縮めた。

「え、怖い……」

そう言いながら彼女は華奢な肩を丸めて、先ほどよりも小さくなる。

そして、少しだけ僕のほうに身を寄せるかたちになった。

彼女の白くて柔らかな頬や、なだらかな肩が、僕の近くにある。小さな手は、今にも僕の手を掴みそうなほど近く置かれていて、けれど触れることはない。

「大丈夫かな？」

彼女は少し心配そうに言った。

お化け屋敷など、苦手なタイプなのかもしれない。

「この屋根、どうなったんですか？」

怖がる彼女を安心させようと、僕はガイドさんに声をかけた。

「橋の高さに合わせて、舟の屋根が降りる仕組みになっているんです」

と拡声器を使って、教えてくれた。

舟が橋の下を通過すると、自動で屋根が上がっていく。

こんな舟、初めて見た。彼女が驚くのも仕方がない。

ガシャンと音を立てて、舟の屋根が元通りの高さに戻ると、彼女はホッと息をついてから、

「なるほど。こうゆう仕組みになってたんですね」

何事もなかったかのように、背筋を伸ばして言った。

先ほどまで、あれだけ怖がっていたくせに。

と、怯える彼女の姿を思い出して、僕は笑ってしまう。

「……笑わないでください」

僕が笑った理由を見破られたようだ。悔しそうに彼女が言う。

「笑ってないよ」

僕は嘘をつく。

「絶対、笑ってました！」

「笑ってないって」

「ううん。絶対絶対、笑ってた！」

「ははは」

「わあ！　堂々と笑った」

「ごめん。ごめん。我慢できなかった」

「ひどいっ！」

「本当にごめんって」

より一層悔しがる彼女の横顔は、春の日に照らされて輝いて見えた。

彼女の後ろに見える春の景色は、やはり今日も桜色をしている。


京都の岡崎で、偶然出会い、まさか十石舟まで一緒に乗るとは思わなかった。

感じのいい子だなと思ってはいたものの、こんなに会話が弾むとも思わなかったし、まさかこのあと、一緒に行動することになるとも思わなかった。

哲学の道で再会した時から思っていた。彼女には親しみやすさがある。

真面目そうにも見えるのに、ユーモアがあるところも、少し小心者で、寂しがり屋なところも。

そして、一人で行動するよりも、二人を選びたがるところも。

しっかり者のように見える彼女の中に、僕にはない脆《もろ》さを見つけると、女の子なんだなぁと思う。

彼女と過ごしていると時間が経つのはあっという間で、気づくと日が傾き始めていた。

夕暮れの日差しに染まり始める京都の町を、僕たちは肩を並べて歩いている。知り合って間もないのに、落ち着く。彼女といると、心の曇り空は晴れる。不思議な時間だと思った。

静かな春の日差しが黄を交えて、赤へと変わろうとしていた。

彼女は今からどこへ行くのだろう？　もう帰るのだろうか。

「この辺り、なんだかお祭りみたいですね」

舟から降りて、来た道を何気なく歩いていると、隣の彼女がポツリと呟いた。

四つほど屋台が出ている。そういえば、先ほどもここの道を通ったな。一人で通った時は、そんなこと思わなかった。

「この辺に動物園があるみたいだよ」

「動物園?!」

そう言って彼女は目を輝かせた。

「もしかして、動物好き？」

「はい。動物大好きです。癒されません？」

「いや、され……るかな。あはは」

特に動物に興味があったわけではないけれど、彼女の話に合わせた。そのほうが彼女が喜んでくれると思ったから。

「あ、でも、もうすぐ閉園ですって」

動物園の入り口に書かれた営業時間を見て、彼女は言った。

「じゃあ、行きましょうか」

そして、我先にと歩き始める。

平然とした表情で歩く彼女だが、本当は肩を落としているのかもしれないと思った。どうしてだろう、彼女の声色や態度は先ほどまでと変化ないのに、心が悲しんでいるのがわかる。

「もしよかったら」

先を歩く彼女が、振り返って僕を見た。

僕が不意に真剣な目をしたからだろう。彼女はドキリとして、息を呑んだようだった。しっかりと僕を捕える茶色の瞳から、目を離すことはできなくて、僕は彼女を見つめたまま言った。

「今度、一緒に……来ませんか？」

その日はなかなか寝付けなかった。

――「もしよかったら、今度、一緒に……来ませんか？」

自分の口から出た言葉に、自分で驚いている。

――「は、はい……」

――「三日後、またバイトの休みをもらえるので、その日はどうですか？」

――「……大丈夫です」

――「じゃあ、1時に。ここ、動物園前で待ち合わせで」

――「はい」

戸惑いながらも、真っ直ぐに僕を見て返事をする彼女の頬が赤くなっていくのがわかった。その赤は僕の頬にも伝染し、互いに真っ赤になりながら会話を続ける僕たちは、周りの人たちからどう見られていただろう。

ピピピと彼女の腕時計が鳴り、彼女は照れ笑いの表情を僕に見せてから言った。

「そろそろ、帰らなくちゃ」

自分から、こんなスマートに女の子を誘えるとは思わなかった。

そして、こんなあっさりと承諾を得られるとも思っていなかった。

一人で行動することが苦手な彼女は、一緒に観光できる相手を探していたのかな。

だから、あっさりＯＫしてくれたのだろう。

あの日以来、僕はそれまでよりも早起きをし、軽く朝食を済ませると、叔母さんよりも早く家を出て、『菊屋』へと向かうようになった。

静かな京の町を散歩しながら、店へと向かうことが日課となっていた。

今日も、気持ちのいい春の風が首元をなぶって通り過ぎる。

哲学の道に差しかかると、その風は桜の匂いを含んで漂ってきた。

僕は、桜が、桜独特のこの匂いが、苦手だった。

そして、桜が苦手な僕が――嫌いだった。

だから、この春なんとかして克服しようと思っていた。

けれど、その強すぎる想いもむなしく、僕は初めて春の京都へ来て、美しすぎる桜の木に圧倒されて、気を失った。初日から挫折してしまった。

そして僕は思った。もう、いいや、と。

もう一度倒れることがあったなら、諦めよう。

桜を見なくとも生きていける。桜のない場所で静かに暮らせばいいんだ。

そう思うようになってからは、僕の視界の中に、それほど桜が入ってこなくなった。

店に着くと、厨房だけ明かりがついていた。

厨房にはすでに叔父さんが入って、和菓子を作っている。引き戸式の入り口を開けると、すでに甘い匂いが店中に漂っていた。

僕は電気を点けて、奥にしまっておいた暖簾や看板を出す。

水撒きや掃き掃除、テーブル拭きや備品の補充など朝の仕事を終えると、ガラス窓で仕切られた厨房を覗き込んだ。

叔父さんが僕の顔を見て、ニコリと笑う。僕も微笑み返した。

叔父さんは鍋に、準備をしていたゆで小豆、二種類の砂糖と水を入れる。

強火にかけ沸騰させると、今度は弱火にし、アクをこまめに取りながら煮詰める。

焦がさないように、柔らかく炊かれているものは餡だった。

炊き上がった餡は何に使うのだろうと、先ほどよりもじっくりと見ていると、叔父さんは煮詰めた餡の中に刻んだ栗の甘露煮を入れ、火を止めた。

その後、別のボールに薄力粉や卵、砂糖、はちみつなどを入れて混ぜ合わせると、クリーム色の生地ができた。

その生地を、温めておいた平鍋で一枚ずつ丁寧に焼いていくと、生地の表面に気泡が浮かび上がってくる。数個、気泡ができたあと、反対側は乾かす程度にさっと焼いた。

ここまで来て、やっとわかった。

叔父さんの作っているのは、どら焼きだ。

皮の色がすべて茶色のものと、まだら模様のものがある。

ふんわりと焼き上がった二種類のどら焼きは、見ているだけでも幸せを運んでくれる。僕の知っているどのどら焼きよりも上品で、愛らしいどら焼きが、でき上がった瞬間だった。

作り終わると、叔父さんは一呼吸置いて、僕を見る。

そっちへ行っていい？　と声には出さず、口の動きだけでそう言うと、叔父さんは親指と人差し指の先端を丸くくっつけて、ＯＫサインを出してくれた。

「このどら焼き、新作？」

厨房に入ってすぐ、僕は訊いた。

今日から店頭に並ぶのだろうか。それとも試作品なのかな。試作とは思えないほどの見事なできだけど。

「これか？　これは隆哉のおやつだ」

「お、おやつ？」

だから、僕を幾つだと思っているのだろう。叔母さんも未だに「隆ちゃん」と呼ぶし。

「三時の休憩に持って行け。桜の下で食べたら、うまいぞ」

今日の分の支度をいつもよりも早く終え、僕の姿が見えたので、あまった材料で作ってくれたのだろう。どっさりとどら焼きが入った紙袋を持たされ、僕は苦笑する。

「嬉しいけど、こんなに食べられないよ」

「じゃあ、誰かと一緒に食べてこい」

「え？」

「話はそれだけだ」

和菓子を作っている人とは思えないほど、叔父さんには甘さがない。ちょっと笑えちゃうくらいに。

ずっしりと重いどら焼きを片手に店舗に戻ると、割烹着を纏った千恵子おばさんが立っていた。

「あら、この匂い、どらやき？」

僕は持たされた茶色の紙袋を開けて見せる。温かい空気の中に、こし餡と栗の匂い。

店内に、焼けたどら焼きの生地の良い匂いが漂う。叔母さんは、二種類あるどら焼きを見て、目を細めて言った。

「あら、東雲《しののめ》も入ってるやん」

「東雲って？」

「このどら焼きの名前やで。幸せを呼ぶ魔法のどら焼き」

叔母さんは、まだら模様のどら焼きを見てそう言った。

変わった模様のどら焼きだとは思っていたけど、そんな名前があるなんて知らなかった。

次の日、僕は待ち合わせ時間の20分前に動物園前に到着し、彼女を待っている間に入場券を買った。

「大人、二人」

そう言った自分の声が、なんだか他人の声のようでこそばゆかった。

京都市動物園は、日本で二番目に古い動物園だ。7年間にわたるリニューアル工事を経て、最近グランドオープンしたらしい。子どものころ、連れて行ってもらった動物園とどれほど変わっているのだろう。

入り口前へ戻り、彼女を見つけやすいように看板前に立つと、そこから空一面が見渡せた。

蒼く高い空がどこまでも続いていた。朝、家を出た時はまだ寒さが残っていたが、今はポカポカと春らしい気候になっている。

今日がよく晴れた日でよかった。

雨の日の動物園よりも、晴れの日の動物園のほうが、彼女は喜んでくれるはずだ。歩く人々の服装に春めいた装いが目立ち始め、特に女の子の服装が華やかになった。そんなことを思いながら道行く人を見ていた時、一際目立つ女の子を見つけた。

彼女は、白のブラウスに薄いブルーのスカートを穿いている。肩上で流れる髪に、髪飾りがついている。足下は、黒のサンダルに合わせたハイカットソックス。

柔らかい風が、生まれたばかりの幼い緑をゆすっていた。

僕は近づいてくる彼女から、目が離せなかった。

髪を切った彼女は、先日会った時よりも、もっと女の子らしく見えた。

「ごめんなさい、お待たせしました」

僕の前まで来た彼女、雪さんが頭を下げて言った。

「いえ、全然！　僕も今、来たところだから！」

必要以上にテンパった。女の子慣れしていないのがバレバレだ。クスリと笑う彼女に背を向け、入場ゲートへ向かい歩きだした。

「チケットいくらでしたか？」

背後から聞こえてきた声に、僕は「いいです」と答える。

「でも、この間のチケット代も払っていないし」

「この間は、平安神宮のお礼で、今日は僕から誘ったんだから」

そう言う僕の声に、彼女は納得していないようだった。

背後から聞こえるのは、うーんと困ったような低い声。振り向くと彼女は、ギュウと眉間に皺を寄せていた。

「じゃあ……今日は、お言葉に甘えてもいいですか？」

「もちろん」

そのほうが僕も嬉しい。

「あ、でも、次は出させてくださいね！　絶対ですよ！」

彼女の力強い言葉に、僕はクッと短く笑ってから、「じゃあ、次はお願いします」と軽く頭を下げた。

「うわ、何あれ、すごい……」

「嘘だろ……」

動物園に入ってまず、驚かされたのは、トラだった。トラが僕たちの頭上を歩いている。恐る恐る近づいて、やっとトリックがわかった。ガラスで仕切られたトラの部屋同士が、空中道路で繋がっているのだ。

右側の部屋にいたトラが空中道路を通り、左側の部屋へ移動しようとしている。たくさんの人たちが足を止め、その光景を眺めている。まさかトラを下から眺める日が来るとは、思わなかったな。すごい迫力だ。

「私、今、息するのを忘れていたかも」

そう言う彼女に、「僕も」と答えた。

二人とも頭上を歩くトラの存在に驚き過ぎていたことに気づいて、その場を離れてから顔を見合わせて笑った。

トラの部屋の側のガラス戸の奥では、ライオンが寝ていた。

「寝てるね」

「寝てると、猫そっくりですよね。トラ柄の猫、みたいです」

トラ柄の猫って、それ、トラなんじゃ……と思ったけど、言うのはやめた。

「……可愛い」

「じゃあさ、トラと一緒に写真撮る？」

「え、ええ⁉」

「ほら早く並んで！」

戸惑う彼女の背を押し、トラが起きないようにそっとガラス窓に近づき、写真を撮ることにした。

ガラス一枚挟んですぐそばにトラがいる。それだけのことなのに、彼女は必要以上に緊張しているようで、その緊張が僕にも伝わってきた。

パシャッと写真を撮ったあと、彼女が素早く逃げたので、思わず笑ってしまう。

さっきまで可愛いと言っていたのに。そばに行くのは怖かったようだ。

離れた場所からチラリと背後を振り返る彼女。まだ寝ているライオンを名残惜しそうに見ている。

「可愛い」と言った言葉は、嘘ではないらしい。

そっとそばにより、「ガオォ」と地を這うような低い声で驚かすと、「ヒッ」と肩を上げ、「やめてください！」と思いきり肩を叩かれた。

彼女、小柄なのに、結構力が強い……。

それから僕たちは、他愛もない話をしながら、しばらく園内を歩いた。

動物園の奥には、ゾウがいた。ゾウは飼育員の人が持つ長いホースで水をかけられたり、餌をもらったりしていた。池にハマって遊ぶゾウの姿も見える。伸び伸びと遊ぶ姿を見ていると、こちらまで楽しくなってくる。

その時、ゾウがこちらを見た気がした。

大きな体につぶらな瞳、身体のパーツとしては対照的なのに、しっくりくる。

「つぶらな眼が可愛くて、癒されますね」

ふと彼女が言った。僕が彼女のほうを向くと、キューと口角を上げて僕を見て、

「やっぱり……似てる」と言った。

「ゾウと、僕？」

そんなこと、初めて言われた。まさかゾウと比べられるなんて。

「あんなに可愛い眼、してないと思うんだけど」

ククっと笑いながら言うと、「目の形じゃなくて！」と彼女が言い返す。

「大きいし、近寄りがたいけど……なんていうか、体中から優しさが溢れているというか……」

デカイとか、近寄りがたい、と言われたことはあるけれど、優しさが溢れているな

んて言われたのは、初めてだった。

優しいのは、彼女のほうだ、と僕は思う。

彼女がいなければ、僕は今こうして、京都の町を楽しむことすらできなかったから。

普段なら、謙遜するふりをして、「そんなことないよ」と言っていたかもしれない。

でも、目の前で遊ぶゾウが愛らしくて、いじらしくて、なんだか嬉しくて、

「ありがとう」と僕は言う。

「はい」

彼女も照れるように笑った。

ゾウに似てると言われて喜ぶ男なんて、僕だけかもしれないけれど。

その後も、彼女と動物園内を回った。

猿山の猿に威嚇される僕を笑ったり、突然ペンギンに触りたくなったと、水槽に手を伸ばす彼女の腕を掴んで叱ったり、「おとぎの国」と名付けられたふれあい広場で、おとなしいやぎの背中を触ったりもした。

まさか、大人になってから来る動物園が、これほど楽しいものだとは思わなかった。

彼女と笑い合いながら、動物たちの新しい発見をしながら、園内を回る。楽しい時間はあっという間に過ぎていく。

入り口付近に戻って来ると、人だかりができていた。大きな庭の中に、首の長い動物がいる。

「わ、キリンだ！」

彼女が駆け寄ったので、僕もそれに続いた。

「ハート模様のあるキリンがいるそうだよ」

「ほんと？」

「ほら、ここに書いてある」

彼女は、立て看板に書かれた情報を指さす。

「先に見つけたほうが勝ち！」だなんて、今時中学生でもしないゲームに白熱する僕たち。

「あ」と見つけてもいないのに、僕がそう声を漏らすと、「ちょっと待って！」と彼女が言う。横目で彼女を捕える。見たこともないような真剣な表情で、ハートマークを探している。もしかして、負けず嫌いな性格なのかな？　と思った。

結局、先に見つけたのは、

「パパ！　あのキリン、ハート模様があるー！」

僕たちの隣に立つ4歳くらいの男の子だった。お父さんに肩車された男の子は、僕たちよりもずっと高い視点からキリンを眺めていた。

僕たちは男の子の指さすほうを目で追って確認し、ハートマークを見つけることとなる。

「わっ、ほんとだ」

「ある」

必死に探していたのに、先に答えを言われてしまったなんて。と、互いの心の声が聞こえたようだった。僕たちはまた顔を見合わせて笑った。

「楽しかったね」

「うん。楽しかった」

「僕、正直言うと、動物園がこんなに楽しいと思わなかった」

「ええ？　そうなの？」

気づけば、二人の間に敬語はなくなっていた。

隣を歩く距離も随分と近い。肩が触れそうで触れないくらいの近さに、僕は戸惑うけど、彼女は平然としている。

慣れているのかな。

それとも、異性としては意識されていないのか。

そんなことを期待していたわけではなく、ただお礼のつもりだった。

観光地を一人で回るのが苦手だという彼女のために、助けてくれたお礼のつもりで一緒に回っていたはずなのに――。

「無理して付き合ってくれたの？」

彼女は、申し訳なさそうに首を傾げた。

「いや、そういうわけじゃないよ。自分ひとりだったら行かなかったかなって思っただけ」

本当は、君が一緒だったから――と言いそうになった。

君が入りたそうにしていたから、と。でも、そんなこと言えるわけがない。

「隆哉君なら、京都観光、どこを選ぶの？」

歩きながら彼女が訊いてきた。

「僕は、お寺とか神社とか、行くかな」

「詳しいの？」

「いや、そういうわけではないんだけど。一人旅だったしね。お寺や神社のほうがゆっくりと見れるかなって思って。あと、大人になると、見え方や感じ方が変わるというか……」

うまく伝わるか心配だった。

こういう感覚、想いって、誰にでもあるものだろうか。

中学時代、修学旅行で来た時は見えなかった景色までもが、見える。

10メートル先だけじゃなく、もっと。今、目の前にある物以外が、見えるような気がするんだ。

「わかるかも」

呟くように彼女が言った。

「大人になるって、自分の中にも歴史ができるってことだから。他人の歴史も大切にしたいと思うようになるよね」

過去を振り返る。歴史を知ると、残された建造物を見ると、人々の想いが見える。

その想いが残されて町になる。京都の町は、偉人たちの想いがたくさん眠っている。

ぷかぷかと風船のように浮かぶ想いを、小さな針でパンと割る人もいれば、両手を使って大切に受け止めてくれる人もいる。

彼女は受け止めてくれる人だろうか。

僕の想いを、考えを、そして——悩みを。

そうだといいなと、思った。

それと同時に、僕も彼女のことを知りたいと思った。

彼女の内側から浮かんでくる小さな風船の数々を壊さず受け止めたい。ふと、そんなふうに思った。

「そういえば、雪さんっていくつだっけ?」

童顔だから、きっと同じ年くらいか、年下だろうと勝手に思っていたけれど、はっきりとは訊いていなかったな。

彼女は、一瞬、面食らった顔をして、

「隆哉君は?」と訊く。

「僕? 僕は二十歳だよ? 雪さんも同じくらい?」

「えっと、私は……あ!」

疏水に沿った道に出ると、先日乗った舟が見えた。

「あの舟、この前乗った舟だよね!?」

舟を見て、彼女が言った。

「うん。楽しかったね」

「屋根が下がってくる舟なんて、初めて乗ったの」

「僕も」

先日、彼女と乗った風景が映画のフィルムのように浮かび上がってくる。

「この時期限定なんでしょ？　乗れてよかったな」

そう言って見上げる花のような笑顔に、僕の心がキュっとなった。

彼女といると、幸せな気持ちになる。

春なのに、こんなに楽しいなんて。

桜の木々が、道のずっと向こうまで続いていた。うらうらと美しい色合いで重なり合っている。零れた桜の花びらの向こう側に、和菓子のお店が見えて、

「ここにも和菓子屋さんがあるね」

と彼女が言った。

「あ、そうだ」

僕は、鞄の中に忍ばせて置いたものを思い出し言った。

「どら焼きは、好き？」

蹴上《けあげ》インクラインは、全長582メートルの世界最長の傾斜鉄道跡だ。

その線路の両脇には、ソメイヨシノや山桜が咲き乱れて、線路を辿って楽しむこと

ができる。

「実は、叔父さん特製のどら焼きを持ってきたんだ」

そう言うと彼女は、インクラインへ行こうと僕を誘った。

どら焼きでお花見をしようというのだ。

南禅寺前の船溜まりと元蹴上の船溜まりの陸路を繋ぐ線路は、36mほどの高低差があり、当時は落差をロープのついた台車に舟を乗せて、巻き上げながら運搬していたそうだ。

その時使用されていた線路が「インクライン」と呼ばれ、線路沿いを辿って、両脇に咲く桜を楽しむことができるらしい。

彼女がガイドブックから得た情報を聞きながら、僕たちはインクラインへと向かった。

外の色は、薄いグレーに変わり、その奥に朱色の雲も見える。

夕暮れが濃く色を残す時間となっていた。

ガイドブックに書かれていた通り、インクラインの両脇には、桜の木々が並んでいた。木々の枝が、中央にある線路に向かって伸び、そこから桜が枝を広げて咲き乱れている。桜色に包まれる線路跡の上を人々が歩いている。

僕たちも歩くことにした。桜の花が舞い散る線路の上を。

線路は砂利で、脇には段差もあり不安定な道が続いていた。緩い坂道になっているせいか、知らず知らず体力が削られていく。小石と呼ぶには大きすぎる石の上を、二人で歩いていく。

まさか、僕がお花見をするなんて。

その初めてが——線路を歩きながらだなんて——。

考えたこともなかった。

動悸がしないわけじゃない。でも、彼女と一緒だから、京都だからいいやと思っている自分もいた。すべてを包み込んでくれるような優しさに、たまには甘えてみてもいいんじゃないかって。

しばらく歩き、額に汗をかいている彼女に気づいた僕は、線路脇で休憩を取ることにした。

鞄から出したのは、昨日叔父さんが作ってくれたどら焼きだ。

僕一人では食べきれそうにない。なにより、和菓子好きの彼女が喜ぶに違いないと思い、こっそり持ってきていた。

袋を覗き込むと、彼女は感嘆の声をあげた。どうぞ、とひとつ取り出して渡すと、大口を開けてパクリと頬張り、「美味しい〜」と、とろけるような声を出した。

「これもお店の看板ひょうひん?」

どら焼きを頬張りながら訊いてきた。

いつもの礼儀正しい姿からは考えられないことにも思えたが、和菓子好きの彼女なら、理解できるような気がする。

「いや、違うんだ。昨日、僕のために作ってくれたんだ」

「じゃあ、お店には出してないってこと?」

「そう。店頭には並んでないね」

「じゃあ特別だね。『菊屋』のどら焼きが食べられるなんて、夢みたい」

彼女は大口を開けて、もう一度食べた。僕もつられて、どら焼きを食べる。甘い餡の味が口いっぱいに広がる。

「美味しいね」

「うん」

目の前には年季の入った線路、その両側を桃色の花たちが彩っている。その中で、彼女と食べるどら焼きは、世界で一番美味しいと思う。

線路を眺めながら、両側で咲き誇る桜を見た。

こぼれた桜が、ひらりひらりと揺れながら落ちてくる。その桜は、蝶のように見えた。白い蝶、桃色の蝶、小さな蝶が遊んでいるようだ。

そっと視線を奥へと向けてみると、線路の両側で咲き誇る遠くの桜が、景色の中にかすんで見えた。

違う世界へ来たみたいだ、と僕は思った。

桜を怖がらない僕がいる。春の僕を、怖がらない女の子がいる。

この場所は、知らない世界みたいだ。

「隆哉君の食べてるどらやき、東雲《しののめ》みたいだね」

線路の奥へ続く景色を無言で眺めている僕に向けて、彼女がそっと言った。

「それ、叔母さんも言ってたんだ。このどら焼きの名前は東雲だって。有名なの？」

「どら焼きの名前になっているのは知らなかったけど、東雲は知ってるよ」

「東雲って何？」

「空の名前」

「空？」

「そう。夜明け前に茜色に染まる空のことだよ」

そうなんだ……だから、まだら模様で表現されているんだ……と心の中で呟いた。

「詳しいね」

「うん。私が住んでる町の名前と一緒なんだ」

美しい景色をモチーフを和菓子に作るなんて、さすが叔父さんだなと思った。

美と和菓子を愛している叔父さんが作ってくれたどら焼きを見つめていると、ひらひらと花びらが落ちてきた。

桃色だったり、白色だったりする花びらは、僕に向かって落ちてきては、風になびいて、彼女の方へ行ったり来たりする。

花びらが一枚、彼女のどら焼きの中央に落ちた。「これ、特別」と彼女が微笑んだ時、ワッと風が吹いた。

思いがけない強風によろめく彼女を支えようと、手を出したその時だった。

「きゃっ‼」

目の前の線路を歩く女性が、大きくよろけた。

強風にあおられ、体勢を崩した女性は、線路と砂利の間にヒールを挟んだようだった。

——！

その時、ヒールに弾かれた小石が僕たちの方へ向かって飛んできた。

真っ直ぐにこちらに向かって飛んでくる小石が、スローモーションのように見えた時、僕は、

「危ないっ‼」

どこかから聞こえる誰かの声と同時に、体中の力を目に込めた。

次の瞬間、僕たちの前から、その小石はなくなって——。

「え……」

「どうしたの……」

「何があったの？」

楽しげな声に包まれていたインクラインの風景が、一変した。

あたりがざわつき、人々の表情が陰る。

僕は、隣に座る彼女の表情を確かめることすらできない。

「大丈夫でしたか⁉ 怪我はされてませんか⁉ でも……あれ？ 私、今、石を飛ばしてしまったと思ったんですが……」

折れたヒールを手に持ち、駆け寄ってきた女性に、僕は小さく「大丈夫です」とだけ答えると、彼女の手を取り立ち上がり、無言のまま歩き出した。

僕はまたやってしまった。

桜の下で。大切な人の前で。
また物を、飛ばしてしまった――。

# 第四章

僕は、彼女の手を取り、早足に歩き出した。

「行こう」

桜の花が舞うインクラインでは、人々がお花見を楽しんでいるところだ。そんな中、僕はなりふり構わず、逃げるようにその場を離れた。

必死だった。早くこの場所から離れなければ、と思っていた。

彼女の手を取り、歩く途中、周りの雑音は聞こえなかった。いや、聞こえないふりをしていた。

僕の異変を感じ取っているのか、隣を歩く彼女は何も言わなかった。

――知られたくなかった。

――彼女の前では、普通の僕でいたかった。

時は経ち、僕たちを照らすのは、町の街灯と黒に染まる夜だけだった。

おぼろ月が低い空にぽっかりと浮かんでいる。

強く輝きもせず、かといって陰るでもない春のおぼろの月夜の下、僕は彼女の手を取ったまま、気づけば近くの駅まで歩いて来ていたようだった。

すべてがうまくいく、と信じていた時に突然起こるこの力を、憎らしく思う。

どうして、桜の下で石を飛ばしてしまったのだ⁉

ドッと後悔の念が押し寄せてくる。

後悔しても、何一つ変わることなんてないのだけれど。

人が行き交う駅前に辿り着いたが、僕の後ろに立つ彼女は微動だにしなかった。

何も話せないのだろうか。それとも……

もしかしたら、彼女は気づいていないかもしれない。

小石が飛んできたこと。僕がそれを消したことを見ていないかもしれない。

このまま、押し通せる？

そう思った時、

「あの」

ずっと無言だった彼女が口を開いた。

振り返って彼女を見る。

彼女は、控えめだけれど、真っ直ぐに、僕の眼を見ていた。

僕はその時、小柄な彼女のふっくらと膨れ上がる唇から、あの言葉が出てくるのではないかと思ってしまった。

『——春の市井君は、怖い』

この人なら、彼女なら、きっと。

信じようとしていた女性から言われた、あの言葉が。

僕は、ギュッと目を閉じる。痛みに耐える準備だったのだと思う。

「ありがとう」

と彼女は言った。

「守ってくれて、ありがとう」

予想していなかった言葉に、茫然となった。

彼女は何も言えない僕の手を取り、目の前にある駅舎に入ると、二人分の切符を買って、そのまま電車に乗りこんだ。

車内では互いに会話はなかった。

彼女がどこへ行こうとしているのか、僕はわからなかった。

行きたいところがあるのだろうか？

電車を降りると、彼女の後を追いかけるようにして歩いた。

地下駅から地上へ出ると、人で溢れかえっていた。

彼女は大通りにかかる信号を渡ると、そのままスタスタと歩いて行く。

信号を渡り終えると、大きな橋の上に出た。その下には、川が流れている。

川が月光に煌めいて、水面の一部が金色に反射していた。

町中に広い川が流れるこの景色が、完成された一枚の絵のように見えた時、僕は既視感を覚えた。

この景色は、見覚えがある。

ああ、そうか。

この川はよくテレビや雑誌で見る川だ。名前はそう、鴨川《かもがわ》。

「来たことがあるの？」

前を歩く小さな背中に向けて、僕は訊いた。

よく考えたら愚問だったかもしれない。

京都へ来たら、大抵の人は鴨川を見にくるのだろう。

これほどに綺麗な川なのだから。

叔父さんとお叔母さんが、『せっかくだから町中へ遊びに行っておいで』

そう言っていた意味が今わかった気がする。

この辺りは、岡崎とはまた違う雰囲気がある。若者が集う、別の京都の良さがそこにあった。

「ううん。来たことはなくて。だから、行きたいなって思ってて……道順は調べていたから」

柔らかい声で彼女が言った。

振り返り僕を見る彼女の弓なりに下がった目尻には、優しさが滲むようだ。

彼女は石段をコンコンと降りていくので、僕もその後についていった。

川沿いに座り込む彼女の隣に腰を降ろすと、瞬く星空が見えた。

美しい世界に溶け込む彼女の横顔をずっと見ていたくなるけど、それではいけないのだろう。

彼女は、落ち着いて話せる場所を用意してくれたのかもしれない。

足元を見ると、薄汚れたスニーカーがあった。こんなになるまで、僕は今日一日彼女とのデートを楽しんでいたのに、と思うと、余計に胸が痛くなる。

春靄は消え、ゆるゆると流れゆく川がはっきりと見て取れた。

大通りと同じくらい、大きな川だった。

川のほとりにはカップルたちがいて、寄り添っている。大学生らしき集団もいる。

これもテレビや雑誌で見た風景と、ほとんど変わらなかった。

川を挟んで、向こう側に大正時代からありそうな重厚感のある建物が見えた。

アンティーク風の、時代を感じさせる建物は中華料理屋のようだった。

制服を着たウエイトレスや異国風の男性が、料理を運んでいる姿が小さく見えた。

今と昔と、日本と外国が交じり合う町だった。

新しい物と古い物、迎える人と歓迎される人、様々な時と人が入り混じっている。

そう思うと、ずっとざわざわと音を立てていた心が一度だけシン、と静まった。

僕は、そっと彼女のほうを見つめる。

水面の光を横顔に受ける彼女は、昼間見た愛らしい女の子といった感じではなく、凛とした美しい女性に見えた。

出会ったばかりなのに、今日一日だけで彼女の色んな顔を見れた気がする。

じっと見つめる僕の視線に気づいたのか、彼女が僕の方を見て微笑んだ。

彼女の笑顔に、僕の内側の何かが溶けていく。

そして、僕はやっと自ら口を開いた。

「さっきはごめんね。……無理矢理、連れ出しちゃって……」

彼女が食べていたどら焼きも、見ていた景色も、あの場所に置きっ放しだった。

「ううん。大丈夫だよ」

「あの時さ、……僕……」

そこまで言って口をつぐんだ。どこから話せばいいのかわからなかった。

「……あの石」

黙り込む僕の代わりに、とでもいうように彼女が話し出した。

「凄いスピードで飛んできたね」

「……うん」

「あの石、私たちに向かって飛んできたよね……」

「……うん」

ゆったりと話す彼女の声に、僕はただ頷くしかできない。

そんな僕に、彼女は丁寧に言葉を紡いでくれた。

「……そして……私たちの目の前で、消えた……よね?」

「……うん」

やっぱり見えていたんだ。

彼女は小石が目の前で消えたことに気づいている。

「……あれって……」

「僕が……消したんだ」

誰にも言えなかった真実を、僕は初めて人に話した。

それは、僕があの石を消したという事実。

 それは、僕には人と違う不思議な能力がある、という現実を認めることだった。

 僕の能力は、人を不快にさせ、怖がらせてばかりいた。

だから誰にも話せないと思っていたけれど、誤魔化し続けることもできなくなっていた。

真実を打ち明ければ、きっと彼女も僕から離れていくのだろう。

「……」

彼女は、月夜が映る鴨川を眺めていた。月の光が鴨川の水面を照らして、その光はキラキラと揺れ、美しい。

二人の間にしばらく無言の時が流れていた。その時間の中で僕は思う。

これ以上、この人を困らせてはいけない。と。

僕はその場に立ち上がって、

「親戚のお家はこのあたり？」

「え？」

僕を見上げて、目をぱちくりさせる彼女。大きな瞳がいつも以上に大きくなる。

「一人で帰れる？」

「待って。どういうこと？」

座っていた彼女が立ち上がり、僕の横に並んだ。僕よりもずっと小さい。

愛嬌たっぷりで可愛く見えた昼間、凛とした横顔が大人っぽく映る夜。そして、こんな僕のことを引き留めてくれるその姿は、また違った一面を見せる。

引き留められて、嬉しくないはずがない。でも、これ以上、彼女を巻き込むわけにもいかない。聞いてもらえただけで良かったと、自分自身に言い聞かせた。

「いいよ。帰ろう」

「いいって、何がいいの？」

「僕のこと、怖いだろ？」

橋の上を走る車のライトが僕の顔を照らして、その次に彼女の表情を映し出した。

彼女は僕の言葉に、驚いたような表情を見せた。眉根をよせ、口は半分開いたままだった。

「だから、帰ろう？」

魅力的で可愛い人だった。

何がきっかけでこんなことになったのか、今の僕にはわからないけれど、彼女と出会えて、京都の町を一緒に観光できて、とても幸せだった。

「だから」

静寂が時を包む中で、僕は言葉を続ける。

「帰ろう」

もう会わない。怖がらせたくない。

「あ、あのね!……私っ」

唐突に彼女が声を張り上げた。

僕の目の前には、立ち上がった彼女の親指の腹が見える。

「親指がこんなに曲がるの!」

「ほら」と言いながら、親指を動かす彼女。

親指の付け根部分の関節が、見たこともない形で動いていた。前に行ったり、後ろに行ったり。ぐねぐねと軟体動物のようだ。

「え……? あ……うん」

突然、どうしたんだ?

彼女は必死に言葉を紡ぐ。僕は黙って続きを待った。

「私ね、この動きができるのは、自分の得意技だったの！　だってあまりやってる人いないし、自分だけしかできないと思っていたから。

それでね、小学校のクラスのお楽しみ会の一芸で披露したら、みんなにドン引きされた。他人から見るとそれは、得意技じゃなくて、怖い技だったんだって。気持ち悪いとか言われてさ、ほんと悔しかった」

何を言いたいのかわからなかった。

彼女の関節と僕の話の何が関係するのだろう。

「関節が柔らかいんだね？」

言葉を選んだ。

「そうなの！　たったそれだけなのに、皆と違う動きをする私の親指が怖いって、言われて……」

そのころを思い出したのだろうか？　彼女は悔しそうに眉根を寄せていた。

彼女の関節は全身柔らかそうだ。

なだらかな肩も、滑らかな腰のラインも、しなやかな手足も彼女の魅力の一つだ。

指の関節一つで彼女を気味悪く思うなんて、器の小さいヤツらだと思う。

小学生の時だから仕方ないのかもしれないけれど、そんなヤツらの言葉に彼女が傷つく必要はないと思う。

「だから、私のこと……怖い、かな？」

「え……？」

「私の関節のことと、市井君が話してくれたことって……同じじゃないかな？」

控えめに、僕の心の内側を撫でるように彼女が言う。

今にも張りつめた糸がぷちんと切れて、彼女が泣いてしまいそうな気がして、僕はフッと息を吐く。

僕の話を聞いても、彼女の、僕に対する見方は変わらなかったということだろうか？

そんなこと、あり得るのだろうか？

彼女の持つ悩みと、僕の悩みの種類は——。

「違うと思うけど……」

「……違うか」

残念そうに肩を落とす彼女に僕は言った。

「だけど……ありがとう」

そんなふうに、痛みを分かち合おうとしてくれた人は、生涯で君だけだった。

僕たちは、もう一度河原に腰かける。

先ほどよりも、川の流れがゆったりしているように感じた。僕たちの間に流れている空気も一変した。いや、彼女自身に変わりはなかった。僕の気持ちが変わったのだ。

夜風が頬をなぶった。柔らかく温かな春風も、夜になると冷たい風に変わっていた。

「寒くない？」

「大丈夫」

隣を見ると、そこには彼女の穏やかな笑みがあった。

僕は着ていたジャケットを脱いで、彼女の肩にかける。

「ありがとう」

彼女はジャケットの襟をもち、鼻先を埋めた。

「……話してもいいかな？」

「うん」

水面に、小さな波が立っている。

僕は自分の力のことを話すことにした。

「僕には、不思議な能力があるみたいなんだ。それは、春限定の能力で。僕が10歳になったばかりの誕生日から始まった」

「うん」

彼女の顔は見なかった。僕は川を見つめたまま言葉を紡ぐ。

「昔、母親が占い師に『僕の命が10歳まで』と言われたそうなんだ。ただの占いだと思っていたから母も特別気にしていなかったし、僕も信じていなかった。けれど、10歳の誕生日を過ぎた日から、春になると、僕は嫌だと思ったものを消すことができるようになっていたんだ」

「消す……？」

「消すっていうより、目の前にある桜の木の下から、別の桜へ飛ばせるというのかな。言葉を換えると、瞬間移動っていうんだと思う。きっと、さっき飛ばした小石もどこかの桜の下で見つかるはずだよ」

「……」

「嘘みたいな話だろ？」

「……うん」

と彼女は頷いた。そして「でも、本当なんでしょう？」と言葉を続ける。

目を閉じて、頷いた。

「よければ、聞かせて？」

消え入るような声で彼女が呟いた。

「うん」

僕は、過去を思い返していく。

桜の花びらが舞う日々の中で、様々な物を消した——。

それは、猛スピードで飛んできたサッカーボールだったり、初めてもらったラブレターだったり。

そしてそれらは、自分が嫌だと思った瞬間に、その場から消えてしまった。

「嫌だと思ったら、なくなるの？」

「あぁ。きっと嫌だと思った瞬間に、瞬間移動させてしまうみたいなんだ」

「……」

「どうして桜の季節限定なのかはわからない。どうして自分にこんな力があるのかもわからない。でも僕は、嫌だと思うと、それを飛ばしてしまう」

「……」

「今は物だけだけど、いつか……大切な人まで飛ばしてしまうのではないかと思うと、不安なんだ……」

夜空に流れる雲の動きが、吐き出した吐息のせいで、速度を増した気がした。

今まで誰にも話せなかった現実を、心の奥に眠る本心を、初めて人に打ち明けていた。

するすると心の内側の声が言葉になる感覚は、とても気持ちがいいものだったけれど、言い終わったあと、それを受け取った彼女に負担がかかっていないか気になったのも、確かだった。

視線を合わすように彼女を見ると、そこにはやはり彼女の笑顔がある。

けれどその笑顔は、優しく包み込むようでありながらも、泣き顔のようにも見えた。

じっと見つめていると、彼女の口元が震えた。

ふるふると震えるのは唇だけじゃなかった。

彼女の瞳の内側に薄く張る物が震えた時、しまった、と僕は思った。

彼女はとても繊細で、優しい人だ。

感受性の強い彼女はきっと、僕の痛みを自分のことのように感じてくれているに違いない。そう思った時、彼女は、言葉を選ぶようにそっと声を放った。

「……辛かったよね……」

「うん……」

〝辛かった〟
彼女の声に、泣き出したくなった。僕はずっと辛かったのだ。
川の上を通る橋の奥の方から、ギターの音色と男性の歌声が聞こえてきた。
自分の想いを歌詞に換え、愛の歌を歌っている。
歌詞になりきらない言葉は音となり、聴く人の胸を響かせていた。
今、僕の心に響くのは、言葉にならない彼女の薄く張った涙の膜だった。
「……ごめんね」
そう小さく零す彼女に、僕は慌てた。
彼女が謝ることなんて、何一つない。
「何で雪さんが謝るの⁉ 聞いてくれただけで、嬉しいよ」
聞いてもらえてよかった。話したいと思える人に初めて出会った。
ありがとう、雪さん……と僕は言った。
君に出会えて、本当によかった。

＊

あの夜以降、僕たちは、急速に仲よくなった。

そうなると、彼女の内面を深く知ることができた。

やはり彼女は、細やかな気遣いができる人だった。

優しいけれど、ところどころ抜けていて、頼りない部分も多くあった。

失敗するとへへと口元をゆるませて笑う顔が、子犬のようにも子狸のようにも見えて、一度だけ、『狸に似てるって言われたことある？』と訊いたら、本気で怒られた。

狸は禁句だったようだ。

『女の子を何かにたとえる時は、もう少し愛らしい動物にしてよね』と、ソッポを向く彼女。

狸が動物の中で一番可愛いと思っている僕には、納得のできない話だったが、僕たちの距離はそんな他愛もないケンカができるくらい近くなっていた。


「いらっしゃい」

和菓子屋の暖簾をくぐり、今日も『菊屋』へやって来たのは、雪さんだった。

「まぁ、雪ちゃん。今日も来てくれたん？　ありがとうな」

千恵子おばさんにそう言われて、彼女は丁寧に頭を下げる。

「今日は大福をいただこうと思って」

「何大福にする？」

「じゃあ、塩大福お願いします」

「了解」

彼女が選んだ塩大福を、トングで包み込むようにして挟む。柔らかなお餅が形を変えて、運ばれる。彼女はその様子を覗き込んでいた。

「美味しいよ、はい」

「ありがとう」

彼女は紙で包んだ塩大福を受け取ると、ちょうど一人分だけ空いていたイートインスペースに腰かけた。この場所が空いているなんて、この時期じゃ珍しいことだった。

僕は温かいお茶を注いで、彼女のテーブルに置く。

「ごゆっくり」

僕の声に彼女が微笑む。それだけで店内が特別な空間に変わる気がした。

「今日は珍しくすいてるね」

大福を食べながら彼女が言う。

「時々、こうゆう時間ができるんだ」と僕は言った。

「じゃあ、タイミングがよかったってことだよね。一度、お店の中で食べてみたかっ

なった。
京都の町に知り合いはいないという彼女は、よく僕を頼っては遊びに来るように
そう言って、大福を頬張る彼女の横顔を見ていた。
たから、嬉しい」

彼女は、一人よりも二人を好むから、京都観光をするには、新しく友達になった僕
がいたほうが都合がよいのだろう。
僕のバイトが休みの日は、一緒に観光名所に足を運んだ。
バイトがある時は、今日のように和菓子を買いに来てくれた。
店内がすいている時は、中で食べていくこともあるが、店の中が騒がしくなると軽
く会釈をして、店を出て行く。
そうこうしているうちに今日もすぐ店内はいっぱいになり、彼女は食べかけの塩大
福を持ったまま、軽く会釈をして店から出て行った。
「あ……」
もう今日は帰ってしまうのか。
僕の気持ちが、表情に出ていたのだろうか。千恵子おばさんが声をかけてきた。
「隆ちゃん、そろそろ休憩の時間やな」

「さっき休憩もらったばかりだけど?」

「そうやったかな。なら、今日は美樹ちゃんもいてくれるし、隆ちゃん、あがってくれてええで」

美樹ちゃんとは、バイト仲間のことだ。僕と同じ大学生で、よく働く。

「ほんとに?」と千恵子おばさんに言ってから、「いいの?」と美樹ちゃんを見る。

美樹ちゃんはコクリと頷き、千恵子おばさんは、

「今から追いかけたら、まだ間に合うやろ?」

ウインクでもしそうだった。

「ありがとう、叔母さん! 美樹ちゃん!」

そう言うが早いか、僕は着ていた割烹着を脱いで、引き戸をガラリと開けて外へ出た。

桜の花びらが、春風に咲き乱れるように降ってくる。

ずっと向こうまで、桃色の世界が続いている。

その奥を歩く人たちの姿は、桜吹雪のせいで霞んで見える。

舞い散る桜吹雪と人の波。琵琶湖疏水の水面には、散った桜の花びらがびっしりと浮かんでいた。桜川と呼んでもおかしくないほどの、圧巻の光景だった。

彼女はこの桜吹雪の中、どちらへ歩いて行っただろう。右かな？　それとも左？

目を凝らして、桃色の世界を見る。その奥に、彼女の背中を見つけた気がして――。

「雪さん！」

僕は夢中で追いかけ、声をかけた。

既視感だ。以前も僕はここで、この場所で――。

「追いついた……っ」

彼女の足元に、桜の花びらが敷きつめられていた。

振り向いた彼女は、馬のような勢いで駆け寄ってきた僕をじっと見つめる。

両膝に手をついて肩で息をする僕を見て、彼女は吹き出すように笑って言った。

「隆哉君、どうしたの？」

そのままの格好で顔を上げると、彼女と視線が繋がる。

あぁ、会えた、と僕は思った。

一目見るだけでは足りなくなっていた。

「今さ、バイト終わったから、どこか遊びに行こう？」

「ほんと？　行く行く！」

彼女は飛び跳ねるように喜んだ。

その姿はやはり子犬、いや子狸のようだと言ったら、また怒られるだろうから、僕は言わなかった。

時刻は夕刻に向かう時間だった。

乱れた呼吸を整えながら、どこへ行こうか？　遠出はできないな？　など頭の中で考える。

ふと思い浮かぶのは、先日、僕のバイトが休みの日に一緒に行った、町中のカフェだった。

『今日はレトロ喫茶に行きたくて』

彼女がそう言い、ガイドブックを片手に僕たちは四条《しじょう》河原町《かわらまち》を歩いた。

こんな町中にレトロなカフェがあるのだろうか？　と半信半疑で地図に従い歩いて行くと、そこには昭和初期に建てられたと思われる喫茶店があった。

二人で店内へ入る。クラシック音楽が流れるレトロモダンな空間は、ゆったりとくつろげる場所だった。カーブを描き、ドーム型になった天井。壁につるされた名画。どこかの映画のワンシーンの中に飛び込んだ気分だった。

『ここに来たかったの』

小声でそう言ってから、向けてくれた笑顔がとても可愛くて。

僕はあの笑顔をもう一度見たい、と思っていた。

「この辺りの散策はもう終わった？」

どこへ行こうかと、考え込む僕に向けて彼女が言った。

「まだかな。雪さんは？」

「私も」

「じゃあ」

「行く？」

「行こう！」

阿吽の呼吸とはこのことを言うのだろうと思うくらい、軽やかな会話だったと話し終わってから気づいた。しっくりきすぎた気がして、いや、これくらい誰とでも話すかとも思いながら、歩き出した。

今日も哲学の道は観光客で溢れていた。

僕たちは、哲学の道から一本坂の下にある、鹿ケ谷通《ししがたにどおり》を歩くことにした。このあたりは、コインパーキングや洋館が並んでおり、また違った雰囲気を見せる道だった。

「前さ、一人で銀閣寺へ行ったんだ」

「銀閣寺、私も最近行ったよ？」

「どうだった？」

「私はすごく好きだと思ったよ。金閣寺も素敵だけど、銀閣寺の控えめで秘められた美しさに感動した。建物や庭は何も語らないのに、主人を愛してるって言ってる気がしたの」

「うん……」

僕も同じように思っていた。

寺も庭も、主人、足利義政公への愛に溢れていた。

「私が見た時、建物は銀色に見えなかったけど、どうして銀閣寺と言うんだっけ？」

ふと彼女が言った。素朴な疑問だったようだ。

「金閣寺《きんかくじ》は金が使われていることで有名だけど、銀閣寺に銀は使われていない。真っ黒な漆が塗られているだけなんだ」

「漆なんだ」

「あぁ。その漆が月日が経って、白く表面に出てきたそうだよ。江戸時代、池に映った漆の白が銀色に見えたことから、銀閣寺と呼ばれるようになったんだって」

「そうなんだ……」

池に映る銀色の銀閣寺。

銀閣寺を照らすのは、高く上った月だ。

月明かりに照らされた銀閣寺は、池の中だけで銀色に輝いている。その美しさは、この世の物とは思えぬほどだろう。

「月夜に輝く池の中の銀閣寺は、とても美しいだろうね……」

彼女が頭の中で描く絵は、きっと僕と同じものだと思った。

一緒に見たわけではないのに、通じる。フィットする。

こんな感覚は初めてだった。

「その近くにあった銀閣寺キャンディー店には行った？」

銀閣寺通《ぎんかくじどおり》にぶつかったところで彼女が言った。

「何それ？　行ってない」

「昔ながらのキャンディー屋さんなんだって！　ミルク味のアイスキャンディーの中にたくさんフルーツが入ってて、凄く美味しかったよ！」

パイナップルジュースなんか、創業当初と値段が変わってないそうだよ！　そう興奮気味に言葉を続ける彼女に僕は言った。

「そこに行きたいな」

「行こう!」

それから僕たちは、白川通にある銀閣寺キャンディー店へ行った。

彼女はパイナップルジュースを頼んで、僕はミルクキャンディーの中に大きな苺がごろごろ入ったアイスキャンディーを頼んだ。

「美味しいっ」

「とろけるね」

格別に美味しかった。

僕たちは、さらに散策を進めた。

初めに目についたのは、骨董品や古道具が並ぶ不思議な雑貨屋店だった。ネジ巻などの部品が所狭しと並べられていると思えば、天球儀や星座表なども置かれていた。非日常的で科学的な空間に、雪さんは迷いなく足を進めて、途中で振り返り、僕を見て「綺麗だね」と言った。

そのあとはギャラリーを見に行ったり、どこか懐かしい雰囲気の甘味処を訪ねてみたり、のんびりと歩きながら、個性的なお店を楽しんだ。

彼女は、京都の中にある京都らしくないものが、とても好きなように見えた。

「京都って不思議だね」

桜の花が舞う道へ戻ってきた時、彼女が言った。

「魅力的で、愛おしくて。ずっとここにいたくなるね」

彼女の声は、どこか寂しそうに聞こえた。

「あと、どれくらいいなんだっけ?」

と僕は訊いた。

僕も彼女もこの町へいられるのは、期間限定だったから。

「あと、半分くらいかな……」

はらはらと散りゆく桜を見ながら、彼女が言った。

彼女と出会ってから10日ほどが経っていた。

彼女がこの町にいられるのは、残り10日ということなのだろう。

あと10日も経てば、きっと桜の花も散ってしまう。僕と彼女の春が終わって、また一人きりの季節が来る。

永遠に続くと思っていた日々に終わりが見えると、途端に寂しくなった。

春、繋がった糸が絡まり、夏、解けていく。そんな関係は嫌だった。

「また会えるかな?」

と僕は言った。

「春が終わっても……」

僕は、春も夏も秋も冬も、あなたに会いたい。

あなたと繋がれたこの糸を解きたくなかったのだ。

「それって……」

チャコールブラウンに染めた髪が、春風に揺れていた。

瞳は大きく見開いており、驚きが隠せないような表情だった。

彼女の視線が僕に注がれ、無言の時間が流れる。

桜が彼女を淡く彩る。僕は迷いなく言った。

「あなたを、好きになりました」

僕はこれからも、彼女とずっと一緒にいたい。

「僕と、付き合ってください――」

僕と彼女の、永遠に続く、特別な糸が欲しかった。

# 第五章

「よ、隆哉！」

「嘘だろ……？」

帰宅した僕を待っていたのは、親友の良樹だった。

「なんで、お前ここにいるんだよ？」

青と黒のギンガムチェックのネルシャツに、ジーンズ姿。髪は明るい茶髪で、無造作に整えられている。顎のラインはすっとしているものの、瞳は僕と比べると大きい。

そういえば、最後に見た時は、徹夜明けでボロボロの姿だった。

レポート提出も無事、終わったのだろう。

スッキリした表情の良樹は、千恵子おばさんの家のダイニングテーブルに座って、僕を見上げてニカッと笑う。

よく見ると、手には湯呑みを持っている。

そういえば、先ほどから優しいこぶ茶の匂いがしている。

「おばさんの淹れてくれる梅こぶ茶、最高だわ」

「だから、良樹、ここで何してんの⁉」

のんびりとお茶をすする良樹に、僕は思わず、らしくない声を出してしまった。

「京都旅行に来てみた」

「はい？」

「隆哉さ、もう忘れたわけ？　俺のレポート提出が終わったら飲みに行こうって約束してただろ？　それなのに、勝手に京都行っちまってさ。たまたま隆哉のおばさんに出会って『菊屋』でバイトを始めたって聞いて。俺も暇だし、遊びに行こうと思って、来ちゃった」

最後にペロッと舌を出して言う良樹を、一瞥した。

「何だよ、その目、隆哉、冷たすぎだろ？」

「良樹がやっても可愛くないいんだよ」

「じゃあ誰がやったら可愛いって言うんだ。隆哉お前やってみろよ。……いや、見たくない。男臭いお前がやったら余計」

「うるせぇ」

良樹の言葉を遮って突っ込む。そんなやり取りをしていると、暖簾をくぐり、千恵子おばさんがやって来た。お盆の上に様々なお茶菓子を乗せている。

「良樹君、このお菓子もよかったら」

「ええ⁉　いいんですか！　俺、腹が減ってたんです！」

「千恵子おばさん、ごめんね。これ、僕の部屋で食べさせるから」

「そうなん？　ほな持って行ったらええよ。そうや、今日、良樹君、泊まっていくんやろ？」

「はい？」

僕が首を傾げると同時に、「お世話になります」と良樹が頭を下げる。

「そう思って、隆ちゃんの部屋にお布団もう一つ敷いておいたしな」

「ありがとうございます」

「お友達が来てくれるなんて嬉しいわ。のんびりしてってな」

突然の話に困惑する僕に、良樹が「この辺りの宿がとれなくてさ、悪いな」と耳打ちする。

しょうがないか……

「ごめんね、叔母さん、良樹もお世話になります」

僕も叔母さんに頭を下げた。

僕が借りている部屋は、二階の南側にある明るい木目の畳の部屋だった。

部屋の隅に小さな机があり、普段は一枚しか敷かれていない布団が、今日は二枚敷かれている。

「なんだか旅館みたいだな」

洗いざらしのシーツに包まれた布団にダイブする良樹を見て、僕は修学旅行みたいだな、と思った。

真っ白な枕に数秒顔を埋めてから、目だけこちらに向けて良樹が言った。

「なぁ、さっき思ったんだけど、隆哉、太ったよな？」

「え？　マジ？」

「いや、絶対太ったよ。春休み前は、もう少し痩せてた。いや、やつれてたっていうのかな。顔色が悪い日もあったから心配していたんだけど、元気そうで安心したよ」

「叔父さんの和菓子がうまくてさ」

「いいとこにバイトに来たな」

そう言って、ニカッと白い歯を見せる。

「うん……」

僕は頷いた。

良樹は布団の上に座り直す。「まぁ、座れよ」と神妙な面持ちで言われて、僕も良樹の前に座った。良樹は、布団の上はダメだろ、と言いながら、僕を机の方へと誘導する。

僕が机の前に座ると、良樹はキャリーバッグの方へと歩いて行き、中からコンビニの袋を取り出した。

「それは？」

「飲む約束だったろ？」

「了解」

コンビニの袋から出てきたのは、缶ビールや酎ハイと、簡単なつまみ。20歳を超えてから、良樹は酒にハマっている。酒を飲むと、もともとポジティブな性格がより前向きになる。本当にうらやましい限りだ。

「どう？　京都は？」

プシュッと音を立てて、プルタブを起こしながら良樹が言った。僕もレモンサワーをいただくことにした。

「楽しいよ。みんな優しいし、京都弁には癒されるし」

「いいじゃん。それから？」

「それから？　何があったっけ？　あぁ、そうだ。叔父さんの和菓子がすごく美味しくてさ。東京へ戻ったら食べられなくなるのかと思うと、今から寂しくて仕方がないよ」

「え？」

「寂しいのは、それだけじゃないだろ？」

良樹はビールを一口飲むと、僕に向けて言った。

「可愛い子と遊びに行ってる、って聞いた」

良樹は、にやけ顔で僕を見ている。

「まぁ、そうだけど」

「京都の子か？」

「ううん。彼女も春休みだけ親戚の家に遊びに来ているんだ。あと10日もしたら、実家に帰るって言ってた」

「どこの子？」

「……さぁ」

「年は？」

「……知らない」

「知らないことばかりじゃねえか」

ほんとだ、と改めて思う。僕は彼女のことを全然知らない。知っているのは「佐倉雪」という名前だけだった。

「その子とは、どんな感じ？」

「普通の友達、でも、今日……コクった」

「早‼　えぇ⁉　早すぎだろ。お前、ほんとに隆哉か⁉」

良樹は飲んでいた缶ビールを机の上に置くと、僕の額に手を当てる。熱があるとでも思っているのだろうか。なんて失礼な。

まぁ、良樹がそう思うのも仕方がないな、とも思う。僕は石橋の上を叩いて叩いて叩き過ぎて、石橋を割ってしまうような性格の持ち主だから。女の子に関しては特に。

「自分でも衝動的な告白だったと思う……でも」

自分でもそう思っている。自分らしくない行動だったと。あの時は、まるで、僕が僕じゃないみたいだった。

「でも？」

「もう彼女と会えなくなるのが嫌だった」

「うん……」

「特別な繋がりが欲しかったんだ」

「そうか……本当に好きになったんだな……」

良樹が微笑んだ。

「好き……か」

昨日、彼女に言ったばかりの言葉を呟くと、胸の中に眠っていた気泡が、一粒ずつ浮かび上がってきた。

ビー玉のような気泡の表面に映るのは、僕に向けられた彼女の笑顔。見つめる大きな瞳。人を傷つけない優しい言葉。

気泡が弾けた景色に映るものは、優しさで包まれた彼女の、佐倉雪さんの、立ち姿だった。

「あぁ、好きだ……」

僕は、彼女を思い浮かべながら、その言葉をかみしめるように、言った。

「京都に来て、よかったな」と良樹が言った。

僕は静かに頷いた。

それから僕は、告白のあと、すぐに返事をもらえなかった事実も打ち明けた。

『僕と付き合ってください』

その声を聞いて、雪さんは驚いた表情のまま、しばらく僕を見ているだけだった。

無言のまま、当てもなく桜の咲く細道を歩き続けて一時間ほどが経とうとした時、彼女が呟いた。

『私で……いいんですか……?』と。

『雪さんがいいんです!』

僕は慌てて返事をする。

無言の時間、雪さんはどうやって断ろうか考えていると思っていたから、これほど嬉しい返事はなかった。

『でも私……だいぶ猫かぶってます』

おずおず、と彼女が言った。

『え?』

『普段はわがままも言うし、結構振り回すほうだと思うし……話を聞いてない時もあるし』

わがままの部分はまだ知らないけれど、行きたい場所をハッキリ言うところや、時々、話を聞かずに風景に見とれているところは知っている。

ハッキリ物を言う彼女といる時間は楽しいし、のんびりしている彼女の側にいる時間は、とても穏やかで心地の良いものだった。

楽しいと優しいが繰り返される幸せの時間が、永遠に続けばいいと思うほどだった。

『たとえ狸をかぶってても』

『猫だって』

突っ込まれて、笑い合う。

『わがままを言っても』

『うん……』

『話を聞いてない時があっても』

『うん……』

『僕はあなたが好きです』

こんなふうに誰かを強く求める日が自分に来るなんて、思いもしなかった。

「それで彼女は何て？」

確かめるように良樹が言う。

「はい、って」

僕は思い出す。桜の下で彼女が言ってくれた一言を。

『私も……あなたに惹かれています――』

僕たちは少しずつ惹かれ合っていたのだ。

「ってことはお前、彼女持ちか、コノヤロー！」

「痛い痛い痛い痛い‼」

良樹に絡まれやり合っていると、「うるせー！　早く寝ろ！」と、下から怒鳴られた。

叔父さんだ。

迫力のあるその声に肩をすくめてから、ハハッと笑い合い、互いの布団の中に入る。

電気を消したあと、良樹がぽそりと呟いた。

「明日、紹介しろよ。その雪さんって子。どうせ、明日もデートなんだろ？」

「デートだけど、どういうこと？」

「明日は三人でデートしようぜ」

絶対、嫌だ。

＊

銀閣寺から哲学の道をずっと下って歩いた先にあるお寺が、彼女との待ち合わせ場所だった。そのお寺の名前は、『永観堂《えいかんどう》』といい、約３０００本のもみじが境内に広がっていることで有名なお寺だ。

モミジが美しい秋には、混雑すると言われている永観堂だが、春は梅、桜、夏には若葉のモミジ、冬には雪の中に佇む多宝塔《たほうとう》と、四季折々の美しさを見せるらしい。

今朝、千恵子おばさんから聞いた話を思い出しながら、総門の前に立っていると、背後から声がした。

「こんにちは」

そこに彼女がいた。

淡い桃色のブラウスにジーンズ姿。Ｖネックに空いた首元から、華奢なネックレスが見える。

いつも肩先で揺れている髪が、後ろで一つにまとめられていた。

首からコンパクトな一眼レフカメラをかけている。観光に行く時、彼女はたいていカメラを持ってくる。

彼女は、昨日見た時より小柄に見えた。少し痩せた？　それとも服装と髪型のせい？

ジーンズ姿の彼女は、いつものスカート姿よりも痩せて見えた。

パンツ姿の方が体形をはっきりと映し出すからかもしれないが、彼女の足はこれほど細かったのだと、目を見張った。

「えっと……こんにちは?」

良樹に向かって、彼女はおずおずと言う。誰だろう、この人、と顔に書いてある。

「これ、友達の良樹」

「これ、言うな」

「突然、京都観光に来ちゃったんだよ」

「突然、来ちゃった、言うな」

「今日は良樹と一緒でもいいかな?」

「もちろん!」

茶々を入れる良樹の声は僕には届かず、雪さんの笑顔だけが飛び込んでくる。

「にやけてんな、おい」

「にやけてなんかないよ」

「初めて見たよ、隆哉のそんな顔」

こそこそと僕にだけ聞こえる声で耳打ちする良樹の言葉に、「僕、どんな顔をしているのだろう?」と思わず顔に力を入れた。

「なに、百面相してんだよ」と大笑いしたあと、良樹がこっそり耳打ちした。

「可愛い子だな」

「だろう？」

僕もそう思う。

「あの、私も自己紹介してもいいですか？」

「あ、ごめんね。僕から紹介させてもらうね。良樹、こちら佐倉雪さん、えっと、僕の……」

恋人です、と言おうとして、頬が熱を持った。

ずっと実感がなかったけれど、雪さんは昨日から僕の彼女なんだ……。

彼女の横顔を見ようと視線を動かすと、彼女はいつもの穏やかな表情で僕を見ていた。

僕を見つめる彼女の瞳に、心臓がどきりと鳴ってから、ゆっくりと落ち着いていく。

僕はいつも、彼女のこの落ち着いた表情を見ると、平常心を取り戻すことができる。

「僕の彼女」

はっきりと言葉にした。

「なんだよ、くそっ。このリア充め」

僕は清々しい気分だったが、良樹はふてくされていた。

「昨日、聞いたくせに」

「はっきり言うんじゃねえよ」

生で聞くのは、面白くなかったのかな。

言い合う僕たちを見た雪さんは、「仲がいいんだね」とひとしきり笑ってから、

「そろそろ行きましょうか？」と、永観堂の奥を指さした。

僕たちは総門をくぐり、永観堂の中へと入っていった。

永観堂の中は、とにかく広かった。総門からは想像できないくらいの奥行があった。

庭園、前庭に咲く花、そして木々たちが、僕たちを歓迎するかのように、こちらを向いて葉を落としている。

「秋だったら、もっと綺麗なのかな？」

3000本のモミジが、秋の色に染まる。重なり合う葉たちが黄色になり、赤になり、時にオレンジに映る姿は、想像を超える美しさなのだろう。

「春とはまた違う美しさがあるだろうね」

と僕は答えた。

また、秋にも見に来ようよ、と囁くように僕は言う。彼女は微笑み返してくれた。

きっと彼女は、春に見せる優しい微笑みを、秋の僕にも見せてくれるのだろう。

そう思うだけで、胸の内側がキュッと締め付けられる。

未来への約束をできる特別な人。それが恋人であり、雪さんなのだ。

「早く進もうぜ」

良樹に言われ、我に返る。

彼女と過ごす時間は穏やかで、いつのまにか時間が経っていることが多かったからだ。

僕たち三人は、境内に入った。木目の冷たさが足の裏に伝わってきて、

「冷たくない？」

「大丈夫だよ」

「ならよかった」

そんなやりとりをしながら、木製の長い廊下を歩いた。

この建物は、平安時代の初期に建てられたものだと聞いた。平安時代に作られた建物の中を、平成生まれの僕たちが歩いている。

不思議な感覚だった。同時に、僕たちを取り巻く空気が変わったとも思った。

山を背にした静かな場所は、何かに守られているような不思議な力を感じる場所でもあった。

「なんだか、緊張するね」

「うん、わかる」

それがきっと空気の重さとなり、人々に伝わるのではないかと思った。

竜が天に上るようにも見える、高く伸び行く木製の階段を上がり、通路を渡っていった。

僕たちは、建物の一番奥まで歩いていく。開かれた扉を見つけて、そこに導かれるように入ると、室内は外よりもずっと薄暗かった。僕たちは、その建物の右奥まで歩いた。

その場所に何かあると気づいた時、僕は誰かに見つめられていた。

それは、仏像だった。

左方向へ顔を見返った仏像が、僕たちのことを見つめていた。

目鼻立ちが優しい女性の仏像だ。

丸みを帯びた体の柔らかさも、振り返るように僕たちを見つめる姿も、すべてが優しさで包まれている。

仏像を目の前にすると、静けさが増した。

隣の彼女も良樹も、同じ想いだったのだろう。

三人とも、言葉を失い、柔らかい表情でこちらを振り向く仏像を見入っている。

正面を向かない仏像を見たのは、これが初めてだった。

「先に出てるな」

小声でそう言い、一番先にその場を離れたのは良樹だった。

彼女はまだ動けないようだった。

僕には、彼女の気持ちがわかった気がした。

その仏像に、何かを感じているのだ。

僕は近くにあった説明に気づき、それに目を落とした。そこにはこんなことが書かれてあった。

・自分よりもおくれる者たちを待つ姿勢
・自分自身の入りをかえりみる姿勢
・愛や情けをかける姿勢
・思いやり深く周囲をみつめる姿勢
・衆生とともに正しく前へすすむためのリーダーの把握のふりむき

この仏像は、おびただしい人々の思いを真正面から受け止めてもなお、正面に回れない人々のことを案じて、横を見返らずにはいられない。そんな姿だったのだ。
説明を読み、その姿をもう一度見て、腹の裏側から熱いものがこみ上げてきた。
その熱は、体を突き抜け、涙腺をゆるめる。
締め付けられるような思いで、仏像から視線を外せなかった。
「この仏像は、誰も……置いていかないんだね……」
隣の彼女が震える声で言った。
隣を見ると、大きな瞳に涙の膜が張っている。
今を生きる彼女の美しい露に濡れて、仏像はより美しくなるのだろう。
「優しい仏様《ほとけさま》だね……」
僕は頷き、そして、その姿は彼女みたいだ、とも思った。
僕の悩みも、自分の悩みと同じだと受け止めてくれた彼女。
僕の痛みをわかろうとしてくれた人は、生涯で彼女だけだった。
雪さんの心は、きっとこの仏像と同じなのだろう。輝きが増す。
彼女が瞬きをすると、光る雫《しずく》がうっすらと見えた。
「雪さん？」
僕の声にハッとした彼女は、自分の頬に手を置くと驚いたように涙を拭いた。

「大丈夫？」

そっと問うと、一度だけ首を縦に落とした。

「ごめんね……ちょっと感動してた」と彼女は言って、へへへと笑った。


涙を拭いた彼女と一緒に僕は外へ出た。

境内を出ると、どこからか、和音に乗った子どもたちの弾むような元気の良い歌声が聞こえてくる。はっきりと聞こえてくるその声に、近くに幼稚園でもあるのだろうか、と思わずその場に立ち止まった。

寺の周りは森林で囲われていて、外を見ることはできない。

切り取られた空間の中に飛び込んできた、下界の歌声なのだろう。

「隆哉くん、あれって幼稚園？」

「まさか」

そう言いながら目を向ける。

雪さんが指さしたところには、本当に幼稚園があった。

「僕、お寺の中にある幼稚園を初めて見たんだけど、雪さんの町では普通のこと？」

「ううん。知らない。私の住むところは田舎だから。幼稚園自体少ないんだけどね、あ」

話の途中で言葉を詰まらせた彼女の瞳が、大きく開かれる。

そこに映るのは、園児たちだった。

三歳くらいだろうか。きちんと二列に整列して、隣の子どもと手をつなぎ、正門から出てきた。

「お散歩でも行くのかな？」

雪さんが、高台になっている場所から、幼稚園児を見下ろして言った。

子どもが好きなのかな？

雪さんは、とっても優しい表情で、子どもたちを見ている。

「あの子、似てる……」

ぽそりと漏れた声に僕は、「誰に？」と聞き返す。

「あの一番前の右側の男の子……隆哉君に似てる」

「嘘だろ？　あんなに可愛くないよ」

まじまじとその子を見る。

「隆哉君の子どものころは、きっと可愛かったよ」

遠くを見るように彼女が言った。

彼女が指す男の子は、切れ長の瞳にぷっくりした頬、柔らかそうでありながら薄い唇。色素の薄い茶色の髪がさらさらと流れている。色白で、小柄で、今の僕とは似ても似つかない。

「鼻筋とか、目の形とか、似てないかな」

そう言って、確かめるように僕の顔を見つめる彼女。

至近距離で目が合って、心臓が跳ねる。

僕は真っ赤になった顔を正面から見られないようにと、視線をそらして、その子を見た。

ほんとだ……と思う。

よく見るとあの男の子は、子どものころの僕に、少しだけ似ていた。

幼いころの僕は、小柄で、色白で、女の子のように可愛いと言われることが多かった。

今の体型からは想像がつかないようで、子どものころの写真を見た誰もが驚くのだが、パーツの一つ一つは今も昔も、それほど変わりはない。

あの男の子も小柄でありながら、切れ長の目に、通った鼻筋をしている。

ふっくらした頬も赤い唇も時が連れ去り、成長するにつれて「男」に代わっていくのだろう。

僕の横顔をマジマジと見つめていた彼女が、幼稚園児の方へと視線を戻した。

「もう行っちゃったか」

子どもたちはすでに歩き出していて、先頭を歩くあの男の子の顔をもう一度確認することは、できなかったようだった。

「あの子、将来、かっこよくなるね」

「え⁉　あ……えぇ⁉」

彼女の言葉の意味が数秒かかってやっとわかって、僕はらしくないリアクションをとった。

「いや、あ、あはは」

「お前らさ」

なんと言っていいのかわからず、笑ってごまかす僕に背後から声がかけられる。

良樹だった。悪い。存在をすっかり忘れていた。

何か嫌味を言われるのだろうな、と覚悟する。

良樹は呆れたように息をついてから、

「……お似合いだな」

ぽそりとつぶやいた。

そして、僕の横に並び、肩を抱いて、こっそりと。

「何年も付き合ってる恋人同士みたいに見えるよ」

驚いて、良樹のほうを見た。

近すぎてすぐに離れたくなったが、良樹は離してくれない。

「実は、隆哉のことだから、すごく不器用な付き合い方してるんじゃないかって心配してたけど、安心した」

「……ありがとな」

「まぁ、バカップルであることは、間違いないけどな」

一言多いとはこのことだ。

「くっそー！　俺も東京帰ったら彼女作るぞー！」

空に放たれた良樹の大声を聴きながら、永観堂散策を終えた僕たちは、総門まで歩いてきた。

そこでは、総門をバックに写真を撮っている男女がいる。

写真に写り込まないようにと気を付けて歩いていると、僕と雪さんの後ろを歩く良樹が言った。

「お前たち二人も、撮ってやるよ」

「それなら、三人で撮ろうよ！」

素早くそう言った彼女は、先ほどの女性に自分のカメラを渡すと、僕と良樹の間に入った。僕と雪さんと良樹が、総門をバックに並んだ。

「ハイ、チーズ」

駆け寄って、撮った写真を画面越しに確認する。心地よい笑顔で微笑む三人がいた。

「なんだか、幼馴染みたいだね」

カメラの画面を見ながら雪さんが言った。

「俺と雪ちゃんが、だろ？」

茶化す良樹の尻を蹴り上げる。

「いってーな、お前！」

「良樹がしょうもないこと言うからだろ」

「こらこら、けんかしない」

僕たちはたった一日で、雪さんが言うような関係になれたのかな。

「幼馴染、か……」

良樹と絡みながら、先ほど見た写真を思い出していた。

大好きな人たちに囲まれた、とてもいい写真だった。大人になった僕が桜をバックに、これほどの笑顔で映っている写真は、過去にない。

大切にしようと思った。

この写真も、この時間も、良樹も、雪さんも……。

「何ぼけてるんだよ、先行くぞ」

「いってーな、良樹！　今、本気で蹴っただろ⁉」

「元サッカー部なめんなよ！」


永観堂を参拝したあと、僕たちはカレーうどんで有名なうどん屋へ行った。

僕、良樹、その隣に雪さんと並んでカウンターに座った。納得のいかない並びだったが、僕が激辛カレーうどんにてこずり、汗をタラタラとかいている間に、辛いものが得意な二人は、会話に花を咲かせていた。

「雪さんの趣味って何なの？」

唐突に良樹が訊く。

「ずっと好きなものは、写真かな」

と彼女は言った。

そういえば、平安神宮で初めて出会った時も、彼女はこの小型の一眼レフカメラを持っていた。四条河原町へ出た時も、レトロ喫茶の写真を撮っていたっけ。

「撮るのが好き？　撮られるのが好き？」

「うーん。どちらかというと、撮るほうかな。撮られるのは気恥ずかしいじゃない。一番好きなのは、撮った写真を眺めること。美しい景色や風景、関係性などは、切り取って残しておきたくなる」

なるほど、と僕は思い出す。

僕がいつも見ていたのは、カメラを構え、美しい景色を切り取る彼女の姿だった。次は、そんな彼女の姿を写真に残そうと思った。美しい景色に心を震わせながら、景色を写真の中に収めていく。その姿がどれほど美しいか、僕は本人に伝えたくなった。

カレーうどんを食べ終えた僕たちは、近くにある南禅寺《なんぜんじ》に足を運んだ。

そのあとは、良樹が行きたいと言っていた岡崎へと向かい、一日を終え、夜には千恵子おばさんの家へと戻る。

良樹は「幸せそうで、よかったよ」と、必要以上に強い力で僕の背中を叩くと、「土産話楽しみに待ってるな」と言った。

きっと良樹は、僕のことを心配して京都へ来てくれたのだろう。親友の優しさに心がほんのりと温まった。

ありがとな、と良樹に向けて心の中で呟いた。

＊

彼女と僕が京都を離れるまで、できれば毎日会いたいと言い出したのは、いつだったろう。

桜の散る疏水沿いを歩いていた時かもしれないし、二件目のレトロ喫茶巡りをしていた時かもしれない。

「毎日会いたいけど……そう思うのは、私だけかな？　わがままかな？」

控えめに、けれど、自分の意志ははっきりと伝えるのは、いつも彼女のほうだった。

「いや、僕も会いたいよ」

そう言えたらいいのに、「雪さんだけでは……ないと思うよ」だなんて、遠まわしな表現をしてしまう。

不器用で、恋に慣れていなかった。

けれど、彼女は笑って、「隆哉君らしいね」という言葉で受け止めてくれた。

初めて、恋を知った。自分よりも大切な人ができた。

ゆったりと時間が流れるこの街で、僕は君に恋をしていた。


休みの日は、朝から夜まで一緒に過ごし、バイトの日は、終わってから会った。

今日はバイトの日だった。閉店準備のために、暖簾をしまおうと外へ出ると、茜色をした夕焼け雲が流れる疏水沿いに、愛しい人が立っていた。

バイト終わりに、彼女が『菊屋』へ来てくれたのだ。

僕は右手に暖簾を持ち、左手に彼女の手を握り、お店の中へと戻った。

「あれ？　雪ちゃん？　買いに来てくれたん？　ごめんなぁ。今日はもう全部売り切れてしもうて」

お客はもういなかった。彼女が最後のお客だと勘違いをした千恵子おばさんに、僕は言った。

「違うんだ、千恵子おばさん、今日は紹介したくて」

どうしてこんなふうに思ったのだろう。僕は、友達の雪さんではなく恋人になった雪さんを、千恵子おばさんに紹介したいと思っていた。

僕の気持ちを知らずについてきた彼女は眉を寄せて、不思議そうに僕を見上げる。

「雪ちゃんやろ？　知ってるで」

「そう。僕たち、今、付き合ってるんだ」

「ほんま⁉」

おばさんはすぐに、うちの母に連絡しなきゃ！　と声を出す。僕は、母さんには言わないでほしい、と言った。

「母さんには、帰ってからちゃんと自分で話すから」と。

ただ、今だけのこの特別な春をくれた千恵子おばさんには伝えたくなった。結婚式で承認してくれる牧師のように、僕たちが付き合っているということを認めてくれる人が、ほしくなったのかもしれない。

「お似合いやで」

目じりを下げて、千恵子おばさんは言った。今まで見た中で、一番優しい笑顔だった。

「今日はどこか行くんか？」

「ううん。どこもまだ考えてない」

このあたりの観光地は、結構回った気がする。新しいお店でも探そうか、彼女とならどこへ行っても、何をしていても楽しいから。

「今から夜までやったら、あっという間やろ？」

バイトが終わったのは、18時だった。雪さんは女の子だから、あまり遅くまでは連れ回せない。

「それやったら、今日はお父さんは買い付けでいーひんし、私も今から近所の人とご飯食べに行くしな。よかったら、うちでゆっくりしたらええわ」

誰にも平等に流れているはずの時間は、恋をすると途端に長くなったり、短くなったりする。

彼女と会えない時間は、果てしなく長く、二人で過ごす時間は、あっという間に過ぎていく。

遠距離恋愛の末、叔父さんと結婚した千恵子おばさんは、恋する二人の時間の儚さを知っているかもしれない。

「ありがとう」と僕は言った。隣の雪さんも静かに頭を下げていた。

手をつなぐ二人を、頼りない街灯の光が照らしていた。

春の夜は、夜の色も通り抜ける風の感触も柔らかく感じる。

誰もいない静かな疏水沿いの桜道で、僕はふと目を上げた。空には、満天の星が瞬いている。山から伸びてくる夜気を、桜たちが吸い込んでいた。

「雪さん、今日は何をしていたの？」

と僕は訊いた。バイト中もずっと、どこか頭の片隅で、彼女のことを考えていた。

「えっとね、ここに来るまでは、掃除をして、洗濯をして……」

「ああ、親戚の家の手伝いをしていたってこと？」

「そ、そう」

「そっか。普段の雪さんは、何してるんだっけ？」

そういえば、彼女が何をやっているのか聞いていなかった。

僕と同じ大学生だろうか？

それとも、もう働いている？

「私はもう学生じゃないよ。隆哉君は、今、大学生だよね？」

思い出したかのように、早口で彼女が言った。僕は目線を合わせて、「そうだよ」

と答えた。

「どんな勉強しているの？」

興味津々、といった目だった。無色透明のビー玉のような目で、彼女は僕を見上げる。

彼女のことも気になるけれど、先に自分の話をしようと思った。

「学部は教育学部。学科は初等教育学科だよ」

僕は、キャンパスを思い出しながら言った。

良樹も、そして芹沢もみな、同じ学部の仲間だ。

「初等教育って、小学校の先生になるの？」

「そのつもり」

月夜に咲く夜桜の下で、そんな短いやり取りをしながら歩いた。

「似合うね、すごく」

自分の夢や希望を語るのは、少し恥ずかしかった。けれど、彼女は僕の気恥ずかしさもすべて受け止めてくれた。

僕を見つめるその穏やかな表情を見ると、なぜか不思議な気持ちになる。

誰にも話さなかったことまで、話してしまいたくなる。

「正直……できるかなと、時々悩むよ」

「え？」

「僕に……先生なんて……」

将来の夢を。そう考えた時、出きてきたのは、小学生のころの僕だった。

抱える悩みを誰にも言えず、一人きり膝を抱えてうずくまっている。解決方法も進み方もわからない。

けれど、少し大人になった僕は、あのころの〝僕〟を助けたくなった。

小学生の、あのころの僕、僕のように同じつらさを抱える子どものそばに駆け寄り、肩を抱ける人――。

そう考えた時、僕は「先生」になりたいと思った。

僕は、どうにもならない悲しみを抱え泣く、僕のような子どもをこれ以上、増やしたくなかった。

「子どものころの僕のような、苦しみを抱いた子どもの味方になれる、大人になりたかった」

「それで小学校の先生に？」

「うん。短絡的だろ。それを夢だと思って、今、そのために勉強をしている。でも……僕なんかができるのかな……」

弱くて、みっともない自分の姿が浮き彫りになっていく。

春が怖い、人が怖い、まだまだ足りないものだらけの未完成な僕が、純白な子どもたちに何を教えられるのだろう。僕なんかが、彼らの「先生」になっていいのだろうか。

「僕なんか、だなんて言わないで。隆哉君だから……なれるんだと思うよ」

「僕だから……？」

「悲しみを知っている人は、同じ悲しみを持つ人の痛みをわかることができると思うの……。悲しみや弱さを知っている隆哉君は、小さな心を痛める子どもの心を救えると思う」

「……」

「自分のことのように、傷つきながら。でも、隆哉君ならきっと、その子の悲しみを見捨てない」

「……」

「子どもたちはきっと、痛みや悲しみを共感してくれる人を、待っているはずだから」

「……」

「だから、安心して。頑張って、いい先生になってね」

自然と手が伸びていた。そっと彼女を引き寄せた。

「ありがとう」

小柄な彼女の頭の上に顔を乗せ、そっとつぶやく。

「どう、いたしまして」

彼女の驚いたような声と、僕に触れる手のひらの震えから、動揺が伝わってくる。引き寄せられるとは、思っていなかったのだろう。

僕は体を離すと、手の力を緩め、彼女の顔をのぞき込む。

一瞬で、顔は見えなくなった。こちらに向いた彼女の掌が、顔を隠していた。

「どうして？」と僕は訊いた。

「真っ赤だと思うから」

顔を隠しながらそう言う彼女は、先ほどよりもずっと幼く映る。狸顔のせいなのだろうか。彼女の狸は、いつも年齢をごまかしてくる。小さな子どものように見える彼女をからかいたくなって、

「うん。今少し、見えた」

「なら、これ以上、見ないでほしい」

「大丈夫だって。僕も赤いからさ」

彼女の手をどける。ピンクのようにも赤いようにも見える彼女の頬を、両手で包み込むと、今度は顔全体が熟したりんごのように紅がかった。

ほんの2秒かもしれないし、本当は10秒のことなのかもしれないけれど、僕の体感

時間としては本当に長い間、彼女のことを見つめていた。

手で隠した赤い顔。小さな掌。細い肩。流れる髪。彼女を包む桜の花びらたち。

彼女を取り巻くすべてが愛おしいと思うこの感情を、人は恋と呼ぶのだろう。

恋と名付けた感情は、減ることを知らず、増えていくばかりだ。

見つめ返されると、心臓をわしづかみにされる。疼痛《とうつう》がキリキリと走り抜ける。

「ほんとだ、隆哉君も赤だ」

照れたように笑った顔が可愛くて、そっと、彼女に口づけた。

＊

木造二階建ての一軒家が、千恵子おばさんの家だ。

「お邪魔します」

彼女は控えめにそう言って、中へ入ってきた。

「僕の部屋、二階だから」

「あ、うん……」

先に二階に上がり、部屋に入ると窓を開けた。後から入ってきた彼女は、扉をぱたんと閉めると、「わあ」と感嘆の声を漏らした。

「すごいね、ここにも桜が」

千恵子おばさん家の庭にも、桜の木が立っていた。その木は、僕の居候している部屋の前で、大きな花笠を広げるようにして立っている。ちょうど、窓から桜の木々がよく見えた。

この町は、本当に桜で溢れている。

彼女が窓際に近づいて、桜に触った。ひとつひとつの花を撫でるように、慈しむように。

彼女の手の動きをじっと眺めていると、

「そうだ、私、写真持ってきたんだ」

くるっと振り向いて彼女が言った。僕は「写真?」と訊き返す。

「京都に来てから何枚か撮ってるの」

そう言って、小さなテーブルの前に座り、持っていたカバンから手帳を取り出した。数枚の写真が挟まっている。彼女はその写真の束を机の上に出す。

「これ、この間、良樹君が来た時のやつ」

「ほんとだ、よく撮れてる」

雪さんが一番に見せてくれたのは、記憶に新しい永観堂の総門前で撮った写真だった。

僕と雪さんと良樹が、永観堂をバックに思い思いのポーズで写真に写っている。鮮やかな写真の中にいる三人は、本当に——。

「幼馴染みたいだ……」

あの時はピンとこなかったけれど、今になってわかる気がする。弾けるような三人の笑顔が、僕らの関係性を示しているようだった。

次はね……と言いながら、彼女は京都で撮った写真を見せてくれた。

レトロ喫茶でコーヒーを飲みながら、こっそりピースをする僕の写真、鴨川沿いを歩く僕の後ろ姿。

「なんか、僕の写真ばっかりじゃない？」

「そんなことないよ、ほらこれ見て」

満開の桜並木の下で手を広げる、彼女の写真だった。

「これ、僕が撮ったやつか」

「思い出した？」

先日、レトロ喫茶巡りに付き合って、四条河原町をぶらぶらしていた時に、彼女が僕ばかり撮るから、彼女のカメラを無理やり奪って撮ったものだ。被写体は、男より女の子のほうがいいに決まっている。

可愛い笑顔に顔がにやける。この写真、ほしいと言ったらくれるかな。

次の写真は、白の割烹着を着た、バイト中の僕だった。

「これ、盗み撮りじゃない？」

撮られた記憶がない
「へへへ。普段と違う格好だから、貴重でしょ、残しとかなきゃ」

それから彼女は、風景写真も見せてくれた。銀閣寺の高台から見る京都の街並みや、平安神宮の見事な枝垂れ桜の写真などがあった。

僕たちは、京都の思い出に触れながら、静かな夜を過ごした。

気づけば、彼女の髪が僕の肩先にあって、揺れて、触れて。女の子特有の甘い香りに襲われる。くらっときた。

彼女は、見ていた写真を机に置いて無言になった僕を見る。

「そういえばさ、良樹が帰りに言ったんだ。狸顔の子は老けないって」

何か話題を、と思った。

「え？」

「だから、雪さんはずっと老けないのかな」

「一緒にいたら、僕だけ年を取って、雪さんだけ綺麗なままなのかな」

「綺麗ではないよ」

「じゃあ、かわいい？」

「……」

「真っ赤だよ」

真っ赤な彼女にキスをした。

先ほどはキスだけだったが、胸の高鳴りを止められなかった僕は、彼女のことを苦しいほど抱きしめていた。

しかし僕は違和感を覚えてしまう。彼女の体はこれほど華奢だっただろうか？

僕は、彼女の体の曲線を彼女の魅力の一つだと思った。

けれど、今僕の腕の中にある彼女の体は、痩せ細っていた。

「雪さん、痩せた？」

腕に包んだまま、彼女に言う。

「そうかも……今、ダイエット中だから」

「そんなのしなくていいよ」

「女は恋をすると、もっときれいになりたくなるものよ」

そう言って穏やかな笑みを見せる雪さん。

「わかった。でも、無理はしないで。今のままで十分だから」

「ありがとう」

僕の胸に自分の頬をコツンと当てる。

そんなに安心して、甘えてこられると、どうしていいのかわからなくなる。この手の行き場は、宙か、それとも彼女の体か。

早いとか遅いとか、わからない。きっとこの手を動かせば、僕の中のブレーキを壊すことになるだろう。その行為で、彼女を傷つけてしまうとしても。

芽生える感情は熱く。体の奥からみなぎってくる。この華奢な体を、今すぐ僕のものにすることだってできる。

冷や汗が出てきた。知恵熱が出てきそうだ。

彼女は、穴があったらその場所にすっぽりとうずくまる、小動物のようにも見えた。

僕の腕の中で、瞼を閉じて、気持ちよさそうに息をしている。

……やめよう。と僕は思った。

今のこの穏やかな空間を、自分の欲望で壊したくない。

「雪さん」

「うん？」

目を閉じたまま、僕の腕の中で返事をする彼女に向けて僕は言った。

「好きです」

驚いたように、顔を上げた彼女の顔は真っ赤だった。

「春が終わっても、会いに行くから」

「うん……待ってる」

彼女の瞳に涙が見えた気がした。彼女はきっと泣き虫だ。

笑顔の鎧を脱いだ彼女は、今、僕の前にいて。

僕の前でだけ、素直な自分をさらけ出してくれるのだろう。

僕はもう一度静かに彼女を抱き寄せた。彼女の涙を止める方法と僕の言葉にならない思いを伝える方法は、これしかないと思ったから。

彼女の携帯のアラームが鳴った。

「送るよ」

「いいよ。今日はバスで帰ろうと思って。さっき通った道にバス停を見つけたの、ここからならすぐでしょ？」

「でも、バスがすぐ来るとは限らないよ」

「大丈夫だって、心配性だな」

送りたいイコールまだ一緒にいたい、の意味を彼女はわかってくれない。

「雪さん、どこまで帰るの？　雪さんの親戚の家って、どの辺りだっけ？」

「……」

僕の問いに彼女は答えない。彼女の表情は流れた髪のせいでよく見えなかった。

それほど、心配をかけたくないのだろうか？　少しくらい甘えてくれてもいいのに。

「心配させてよ、彼氏なんだから」

僕の言葉に彼女は立ち上がって、

「離れがたくなるから……」

雪さんの耳の裏がやけに赤い。彼女は僕が思っている以上に、僕を好きでいてくれているのだ。

「わかった。じゃあ、上から見てる。何かあったらすぐ電話して」

「ほんと心配性だな」

笑いながら、彼女が部屋から出て行った。

夜の桜の下で手を振る彼女を、二階の窓から見送る。雪さんは、桜並木のほうへ歩いて行くと、あっという間に見えなくなった。

夢、みたいだ……と僕は思う。

彼女と知り合い、恋をして、思いを伝えて、恋人同士になる。

そして、彼女からも離れがたいなんて、言われる日がくるなんて……。

月夜に映る桜の木を、これほど愛しいと思うなんて……。

春の終わりが来なければいいと、思う日が来るなんて……。

桜の木は雪さんに似ていた。

穏やかで、優しいピンク色。人々を包み込むようでいて、けれど、ずっとその場所ではとどまってはいられない。美しさと儚さは紙一重なのだろうか、と僕は思った。

狸顔は老けないんだって。

ふと、良樹の声を思い出した。

そうだよな、彼女は桜のような儚い美しさを、ずっと僕に見せてくれるのだろう。

視線の先に、赤い表紙の本のようなものが見えた。

赤い表紙……これは、雪さんが持っていた手帳だ。先ほど、この手帳に挟んでいた写真を数枚抜き出して見せてくれた。

忘れていったんだ……。

僕はもう一度、その写真が見たくなり、手に取る。

良樹と三人の写真、レトロ喫茶でこっそりピースする写真。鴨川の写真。桜の下にいる彼女。和菓子を売る割烹着姿の僕の写真。銀閣寺で彼女が撮ったであろう、高台から見る京都の写真、平安神宮の見事な枝垂れ桜の写真。

どれも先ほど見たものだった。彼女との思い出が、そこかしこに溢れている。

もっと撮っておけばよかった、もっと思い出を切り取っておけばよかった。

そう思う僕の手の中には、まだ数枚の写真が残っていた。

これは見てない写真だな、とワクワクしながら見ることにした。

そこには、彼女が写っていた。

洗いざらしの広げられたシーツ。シーツに当たる太陽の光。その奥には、緑生える山々。

彼女は田舎に住んでいると言っていたっけ。

ここは彼女の実家なのかな。シーツの前に立つ彼女は、誰かに話しかけているようにも見える。

この写真を撮っている誰かなのだろう?

心を許した笑顔、信頼しきった関係であることは、その写真を見て取れた。少し妬けるぐらい可愛い笑顔だった。

二枚目の写真には、子どもが写っていた。

ふっくらとした赤い唇に、さわりたくなるようなスベスベの頬を持つ子どもだった。きっと三歳くらいだろう。その子は、とても可愛いけれど、僕にはわかった。男の子だって。

この子も、僕と一緒でよく女の子に間違われたに違いない。

その子の目は切れ長で、子どもの割に鼻筋も通っていた。

ざわざわと胸騒ぎがした。僕は何かを感じた。

この子を知っている気がする。

この子の写真を見たことはないのに、写真の中のこの子は誰かを呼んでいるように見えた。

開かれた大きな口が動き出すような不思議な感覚。けれど、声は聞こえない。

呼ばれているのは、誰？

残された最後の一枚を見た。

そこに写し出された光景を見て、僕の思考は完全に固まった。

それは、どこかの写真館で撮られたであろう写真だった。

立っているのは、雪さんと二枚目の写真の男の子。

その下に、椅子に腰かけている人がいる。

その人物は――――。


僕は駆け出した。

風が強い夜だった。バス停のほうへ走って行ったが、彼女の姿はなかった。時刻表を確認するが、もう今日の最終バスは一時間前に出ていた。

彼女が叔母さんの家を出てから、まだ10分も経ってない。もしかして、駅まで歩いて行っているのかもしれない。きっと、夜桜でも楽しみながら。

僕は、彼女がよく歩いていた桜並木を目指して走った。

手の中には、一枚の写真がある。

それを握りしめたまま、僕は彼女を捜した。追いかけた。

既視感だった、僕はこの桜並木の下で、春霞の中、小さくなる彼女の姿を見つけて。

追いかけて、追いついて。

『雪さんっ』

僕が大声で彼女を呼ぶと、

『隆哉君、どうしたの？』

馬のようにかけてくる僕に気づき、振り向く彼女の笑顔を見られると思っていたのに……。

僕の勘は当たっていた。彼女はいつもの桜並木にいた。

小さく見える彼女は、夜桜に向かい手を伸ばしている。

春霞が彼女の姿をぼかす。かすれる、途切れる。

だから僕は、彼女を引き留めるために。

「雪さんっ！」

大声でそう言った。

「………雪、さん……？」

けれど彼女に、僕の声は届かなかったようだった。

僕の声は夜の闇に消え、その先は春霞が広がるだけだ。

目の前に、彼女はいない。

彼女は、桜に触れている手の先からゆっくりと消えた。

彼女がいた場所には、ひらひらと、桜の花びらが舞い落ちていた。

街灯が映す通路に一人佇み、僕はその場に崩れるように倒れ込んだ。

手の中にある一枚の写真には、雪さんと、小柄な男の子、そして、車いすに乗る、大人になった僕が写っていた。

# 第六章

靄のかかった思考というのは、今の僕の頭のようなことを言うのだろう。

何も考えられない。昨日の夜のこと以外は……。


「今日はずっと上の空だね？　楽しくなかった？」

映画館を出て、すぐ雪さんにこんなことを言われてしまった。

「いや、楽しかったよ、すごく……」

「それならよかった。私の選んだ映画がダメだったんじゃないかって、心配した」

「いや、そんなことないよ。いい映画だったと思うよ」

「なんだか、その言い方……」

戸惑ったような表情で彼女が言った。

「え？　何か言った？」

「……うん。今、隆哉君、言ったでしょ？　いい映画だったと思うよって。その言い方、なんだか気持ちが半分しかこもってないみたいだなって……」

気持ちが半分しかこもってない……か。

まさにその通りだった。

今日は、朝からデートの予定だった。

映画館に入ると、横目に一喜一憂する彼女の姿が見えた。

青くなったり赤くなったり、時に涙したりする姿は、かわいかったし、そんな彼女をずっと見ていたいとも思ったけれど、どうしても昨夜の情景が頭から離れなかった。

それははっきりとした映像となり、スクリーンに映し出されていた。

僕が見ていた映像は、昨夜、桜の下で消えた雪さんの姿だった。

目の前で彼女が消えた。

あの時、僕は、自分が消したのだと思った。

もちろん、彼女のことを、今まで一度も嫌だと思ったことなどなかった。昨晩もだ。

だから、消してしまった理由はわからない。けれど、突然変異は何にでも起こる。

桜の下で何かを消すことをできるのは、僕しかいないのだ。

僕が、彼女を消したんだ——。

絶望の果て、僕は持っていた写真をポケットにしまってから、鉛のように重い体を何とか動かして、彼女が消えた場所へ行った。

やはりその場に雪さんはいなくて。大声で呼んでも彼女は現れず、近くを捜し回ったけど、彼女の姿は見つけられなかった。

それから、あたりの桜の木の周りを捜した。

どれくらいの桜の木を巡ったのかはわからない。けれど、結局、彼女を見つけることができずに、気づけば日は上っていた。僕は一縷の望みをかけて、今日、この待ち合わせ場所へきた。

そこへ、雪さんはやって来た。

何事もなかったのかのように、いつも通りの笑顔で手をふり、僕に向かい駆け寄ってくる。

僕が消してしまったはずの、彼女が――。

「次は、面白い映画にするね」

少し残念そうに前を歩く彼女が、かすんで見えた。

僕はまた彼女が消えてしまう気がして、細い手首をつかんだ。

「隆哉君?」

こちらを見る彼女の表情は、昨日見たものとは違った。

その瞬間、意識が飛び、ふらついた。ガクっと足元から崩れ落ちそうになる。

「どうしたの？　本当に大丈夫？」

彼女は華奢な体で、体勢を崩した僕を支えようとする。鼻先に彼女のシャンプーの匂いが届いた、昨日知った彼女の匂いだ。

「もしかして、隆哉君、体調悪いの？」

「いや、寝不足なだけだから」

「少し休めるところへ行く？」

「助かる。ありがとう」

それから僕たちは、鴨川へ向かった。動物園デートのあとに行ったのと同じ場所だ。川沿いに腰を下ろす。目の前に鴨川が、さらさらと流れている。

夜見た鴨川は月明かりに照らされて、反射する水面が美しかった。昼の鴨川は、恋人たちが集まり、親子が散歩していて、その先には笑顔が溢れている。

活気のある鴨川は、あの夜と同じ川だとは思えない。

そばにいる彼女から、花の匂いがした。あの夜には気づかなかったが、太陽に照らされ、残りの花を精一杯咲かす桜の木があった。

風に吹かれ、花びらが舞う。桜の花びらが、水面に浮かんでは流れていった。

もう春も終わるのだと、この川沿いの桜を見ると感じずにはいられなかった。

「昨日、寝てないの？」

春の風景を眺めていると、僕の顔をのぞき込んで彼女が言った。

寝不足なんて、平気だ。ただ寝ていないだけなら。

昨晩は、自分の中にあるだけの力を振り絞って、桜の木の下にいるであろう彼女を捜し回っていた。黒い夜が深々と迫ってきた。手足が、ドロドロとした感覚で覆われているかのようだった。それでも僕は、消してしまった彼女を捜し続けることしかできなかったのだ。

──『いつか、大切な人を消してしまうのではないか』

最悪の事態を、僕は招いてしまった。

必死に彼女を捜しながら、僕は消えゆく彼女の姿を思い出していた。

雪さんは、雨が降っているかどうかを確認するみたいに掌を上にむけて桜を見ていた。そして爪の先からハラハラと消えていった。

消えゆく彼女の横顔は、とても涼やかだった。

消えることを望んでいるような、その美しすぎる横顔を、僕は吸い込まれるように見つめていたのだ。

「隆哉君、ほんとに大丈夫？　やっぱり昨日、全然寝れなかったんじゃない？」

返事を忘れた僕に、彼女がもう一度問いかけた。

「うん……寝てない」

僕は正直に答える。

「どうして？」

「君を、捜してたんだ」

全部、話すしかない、と思った。

「……どういうこと？」

「これ……」

僕は一握りの勇気とともに、持ってきた赤い手帳を彼女の前に差し出した。

「あれ？　私、手帳忘れてたんだ。どこへやったんだろうって思ってたの、あ」

彼女は途中で何かに気づいたようだった。

赤い手帳を受け取ると隠すように持ち替えて、狸の可愛い顔でへへへと笑う。

その笑顔にずっと騙されていたかった。僕は昔話の主人公が狸に騙され、結末を知る前の気分がよくわかった。

「この中に、昨日一緒に見た写真が挟まっていて」

「……うん」

「雪さんが帰ってから、もう一度見ていたんだ。…その中に、見たことのない写真が三枚挟まっていた」

「……見た？」

と彼女は言った。

「うん。見た……。それで、どうして雪さんがこんな写真を持っているのか訊きたくて、あのあと、すぐに追いかけた。すると雪さんが……桜の下で消えた」

消えゆく彼女の姿を、忘れることなんてできない。その姿は、僕の頭の中で何度も自動再生されていた。

「……どうして？」

と僕は言った。

「僕が消したんじゃないの？」

僕は、桜の下で、何かを消すことができる。けれど、戻すことはできない。

それなのに、雪さんはどこからか現れた。

何事もなかったかのように、いつもの笑顔で。

昨日、消えたはずの彼女が。

太陽が雲間に入り、彼女の顔が曇った。青い空がスリガラスで覆われて、灰色の空へと変わっていった。川の流れが速くなる。

「あなたが……消したんじゃないの……」

声はとても小さかった。何とか喉から絞り出したかのように。

「どういう、こと？」

なぜか、彼女の言葉を聞くのが怖いと思ってしまった。けれど、聞かなければ先へは進めない。僕は全身に力を込めた。

「桜の力を借りて、物を消せる力は……」

「……うん」

「その力は、隆哉君のものじゃなくて……」

「……」

「私のものなの……」

僕は息もできずに、穴が開くほど彼女を見つめた。

唐突な答えに面食らって動けなくなった僕に、彼女は話を続けた。

「ずっと、私が消していた」

「ずっと……？」

「そう。春になると、私は過去へ行って、あなたに降りかかる不幸をすべて消していたの」

「……それは、どうして？」

目の前にいる彼女は、僕の知る雪さんではないようだった。

「今から言う話、信じてもらえないかもしれないけど、嘘じゃないから……」

彼女の顔に、深い影が落ちた。

「私の名前は、市井雪。佐倉雪は……旧姓なの」

「……市井って……」

「そう。隆哉君の苗字と同じ。私は、あなたの未来のお嫁さんなの……」

耳にひゅうと隙間風のような音が鳴った。

思考が停止している。彼女の言った言葉の意味がわからない。

途方に暮れ、困惑し、ただ茫然と立ちすくむ僕に向けて、彼女は淡く微笑んだ。

そして、まっすぐに僕を見て言葉を続けた。

「遠くない未来に、私たちは出会い、恋に落ちて、結婚する。そして、可愛い男の子も生まれる。でも幸せの絶頂だったころ、あなたは原因不明の病に冒された。その時、あなたのお母さんに聞いたの。『隆哉の寿命は10歳までだった。そして、そのあと、何度も危ない目にあった』と。

だから、私は桜の力を借りて過去へ行き、小さなあなたに会いに行った。

隆哉君は覚えていないかもしれないけれど、あなたは本当に様々なトラブルに巻き込まれていた。どの事故が隆哉君の寿命を奪う事故かわからずに、私は隆哉君に降りかかる危険をすべて飛ばした。あなたに生きていてほしかったの。生きて、私たちに出会ってほしかった――」

絶えず聞こえるのは川のせせらぎ。鴨川からは、水のにおいがする。橋の上から人々の話し声が聞こえる。でも話している言葉も、景色も、においもすべて、僕の知らないものばかりだ。

この世界は、本当に僕がいた世界と繋がっているのだろうか？

もしかしてこれは幻？

途端にわからなくなる。

理解ができないと、人の脳は動かなくなるのか。

目の前にいる愛しい人が、ずっと遠くにいるみたいだ。まるで、夢の中のよう。かすれる彼女、遠ざかる意識。現実を受け止めきれない僕の上に、暗い空からしとしとと雨が落ちてきた。心臓がきゅうと縮まるほどの冷気に包まれていた。

「びっくりしたな。突然降ってくるんやもん」

「近くにアーケードがあってよかったな」

屋根付きの歩道では、人々が急な雨から逃げるために雨宿りをしていた。

隣にいる人をタオルで拭いたり、肩や髪につく雨粒を払ったりしながら、雨が止むのを待っている。

皆、突然の雨に困惑しながらも、急なハプニングを楽しんでいるようにも見えた。

僕は人々の様子を横目で見ながら、青になったばかりの歩道を歩きだした。

「そこ、濡れますよ！」

背後から声をかけてくれた女性に耳を貸すこともなく、僕は屋根のない道を歩いた。

今、彼女はどうしているのだろう。

突然の雨とともに、彼女は自分の住む町へ帰ったのだろうか。

何も考えられなかった。

僕は彼女の前で、どんな顔をしたらいいのかわからなかった。

大粒の雨は僕の視界から彼女を消した。僕は雨宿りに走る人ごみに紛れて、気づけば橋の上にいた。そして今も、何も考えられずに、街中をふらふらと歩いている。

屋根が途切れたのは一瞬だった。

すぐに道はデパート前のアーケードに覆われて、雨が当たることはなかった。それでも、空気は思っていた以上に冷たかった。

やがてアーケードが途切れて、高瀬川沿いの桜の木の下にいた。

桜が、蜃気楼のように揺らめいて見える。

僕は、そっと視線を落とし、足元にある小石を拾った。

僕は、桜の下で何かを消すことができる。

そう、この小石だって。

この石を自分に向かって投げると同時に、強く「嫌だ」と思えば、この石は別の桜の木へと飛んでいくのだ。

ずっとそうだった。

春になると、僕は、この物を飛ばせる能力とともに――。

――『春の市井君は、怖い』

ずっと、人から恐れられてきた――。

僕は、大きく手を振って、自分へと小石を投げる。

ヒュンという音と同時に、

「――っぃたあ……」


頬に激痛が走る。ヒリヒリとした痛みが、後から追ってくるように顔中に広がった。

ゆっくりと頬に手を伸ばすと、指先に真っ赤な血がついていた。

指先の血を見ながら、僕は愕然としていた。

彼女の言ったことは、本当だったのだ。

今まで、僕が信じていた力は、僕のものではなく、本当に彼女のものだった――。

僕の悩みは、彼女の力で。

ずっと生きづらかった春は、全部、彼女のせいだったなんて……。

ショックだった。もう、何も考えたくなかった。

自分自身を、黒い靄が包んでいるかのようだった。

僕はその感情を見たくなくて、閉じ込めたくて、体の奥底に飲み込むように、とどまるように、瞼を閉じて、強く奥歯を噛み締めた。

ぎゅっと強く瞼を閉じても、喉の奥へと押しとどめても、それは何度もせり上がってくる。

僕はよろめきながら、高瀬川沿いの道端にしゃがみこんだ。

これから、何をすれば、どこへ行けばいいのか、僕にはわからなかった。

「どうしたんやろ？」

「気分でも悪いんかな？」

ようやく近くの壁に手をついて立ち上がると、そこに高校生くらいの女の子たちがいた。

しゃがみこむ僕を心配してくれているようだ。

「大丈夫ですか？」

僕は「はい……大丈夫です」と、ひきつった笑顔を見せる。

「よかった、じゃあ……」

「ありがとうございます」

初対面の人からもらった優しさをそっとポケットにしまいながら、僕は彼女たちを見送った。

彼女たちのほっそりとした肩を見て、僕が思い出すのは、やはり雪さんの華奢な肩だった。

これほどひどく狼狽しているのは、すべて彼女のせいだというのに、僕はまだ他の女性に雪さんを重ねて見ている。

「もう、嫌なんだよ……！」

コントロールできない感情をもてあまし、僕は低くうめいた。

ふらふらと歩き続けている。

春の小雨が、僕から体温を奪っていく。

きっと、叩けば割れるほどピンと張りつめた空気の中で、僕はこのままどうなってもいいと思った。

今度こそ、信じられる人に出会えたと思ったのに——。

彼女こそ、と、僕の心が叫んだというのに——。

当てもなく川沿いを歩いていると、アコースティックギターの音色が聞こえてきた。

惹かれるように、音のするほうへと歩いていくと、ギターを弾く男の人の前に、一人の少女が出てきた。

マイクを持つと、女の子は、少女から不思議な魅力を持った女性の目つきに変わる。

すっと音を吸うと、彼女は吐き出すようにして歌いだした。

透明感のあるその声は、天使の声とでも表現すべきなのだろうか。

彼女の声は、その歌詞は、僕へ送られた歌なのだろうかと思った。

その歌は、愛していた人から別れを告げられる歌だった。

どうして、どうして、と、愛の行方を捜している歌詞に、涙が溢れそうになる。

胸を埋め尽くす悲しさと不安が、かなわない現実を嘆く歌詞と重なっていく。

その歌とともに思い描くのは、彼女と過ごした日々だった。

初めて出会った平安神宮で、桜を見て倒れた僕を助けてくれた彼女。千恵子おばさんが到着するまで、ずっとハンカチで僕の冷や汗を拭いてくれた彼女。

僕の悩みを、すべて自分のことのように受け止めてくれた彼女。叔父さんの作った和菓子を頬張った、幸せそうな笑顔。僕の放つ風船を、そっと受け取ってくれた彼女。

あぁ。どの彼女を思い出しても、僕の心は震えた。

こんなに好きになったというのに。

それなのに、どうして――。

過去に、彼女の力のせいであの苦しさを味わったのだと思うと、昇華できない醜い感情が、再び体の奥底からせり上がってきた。

夜の鴨川で、彼女に自分の秘密を打ち明けた。

その時、彼女は何も言ってはくれなかった。

ただ、僕の話を聞いていただけだった……。

それなのに、どうして、今頃――……。

……いや……違う。

彼女は僕に、何て言ったっけ？

夜の鴨川で、僕がこの能力を打ち明けた時、彼女は僕に、

「……ごめんね」

って、言ったんだ。

今にも泣きだしそうな、張りつめた表情で、

「辛かったよね……」

と、言った。

誰も言ってくれなかった言葉を、彼女だけが言ってくれた。

引き裂かれるようなこの胸の痛みも、絶望に変わる前の一握りの光に願いを託す気持ちも、彼女だけがわかってくれた。

そうか……と僕は思った。

その言葉は、彼女だから言えたのだ。

あの表情は、彼女だからできたのだ。

彼女もきっと、僕と同じ苦しみを抱えて生きてきた——。

この力のせいで、もがき苦しみながら、生きてきたんだ――。

黒に覆われ、凍り付いていた確かな思考がゆっくりと動き出し、僕は走って鴨川に戻った。

雨が上がりの鴨川に、一人の女の子が立っていた。

クリアになった視界に映るのは、ほろほろと涙をこぼす彼女だった。

「雪さん」

近づいて、名前を呼んだ。

「どうして、帰らなかったの？」

「……」

「帰れば、よかったのに……」

雨に濡れる彼女は、フルフルと顔を横に振って言った。

「あなたを傷つけたまま、帰れない……」

「……」

「私の力を受け止めてくれたのは、未来のあなただけだから。私は、あなたがいないと、生きていけない――」

目の前で泣く雪さんは、まさに僕の姿だ。

ありのままの僕を認めてほしくて、けれど認めてもらえず。

人と違うことに恐怖を覚え、人を避け、生きてきた。

そんな彼女の痛みは、僕が一番よくわかっているはずじゃないか。

どうして僕は、一瞬でもこの現状を、雪さんの気持ちを、理解できないと思ったのだろう。他人事だと思おうとしたのだろう。

僕は、ずっと不思議な空間の中で生きてきたじゃないか。

彼女の力が作る、世界の中で。

不思議な世界の中で、懸命にもがきながら、けれど、必死に生きてきたのは、きっと彼女も同じだ。

苦しみを一人で抱え、その先の未来で、同じ痛みを知る僕と出会ったのだ――。

――『隆哉君はきっと、自分のことのように、傷つきながら。でも、その子の悲しみを見捨てない』

彼女はそう言ったじゃないか――。

「……一緒に帰ろう」

こらえていた感情がほどけて、ほとばしるように泣く彼女をそっと引き寄せて言った。

「ごめんね……」

と言って、彼女が泣いた。

「私の力のせいで、あなたがこんなに苦しんでいるなんて、思いもしなかった。ただあなたを救いたかっただけなの。本当に……ごめんなさい」

静かに涙を流す彼女を、僕は黙って抱きしめた。

彼女の体は、昨日よりも痩せているように感じた。

＊

途中のコンビニで買ったビニール傘をたたんで、誰もいない家へ入る。

留守の家に入ることを、彼女は心配していた。

「いいのかな？」

「大丈夫だよ。今朝も千恵子おばさんに言われたんだ。いつでも使ってくれていいよって」

「ほんと……ありがとう」

「そんなことより、早くしないと」

僕は急いで洗面所へと向かった。そして白いタオルを一枚取って戻ると、彼女の頭にかけた。肩からも水がしたたり落ちている。

「今、風呂沸かすから」

「大丈夫だよ、これくらい」

「でも……」

「隆哉君も濡れてるよ」

彼女は、かけたばかりのタオルを僕に渡そうとするから、僕はその手を止めて、

「もう一枚持ってくるから。使って。風邪ひかないで」

「大丈夫だって。心配性だなぁ」

胸に後悔の気持ちがこみ上げてくる。

僕が、彼女をこれほど濡らしてしまったのだ。

もう一枚タオルを取ると、僕たちは二階へと上がった。小さな机の前に腰かける彼女の肩にブランケットをかけて、隣に座る。

「そこまでしてくれなくても」と彼女は笑った。僕はもう一度、「ごめん」と言った。

「僕のせいだ」

「ううん。動けなかったのは、私のほうだから」

雪さんは、明るい声で言った。だからもう気にしないで、と言われている気分だっ

た彼女の横顔を、僕はずっと忘れることができなかった。

僕は彼女に恋をする運命だったのだ。

それはきっと、過去も、未来も、現在も、関係なく。

出会えば自然に目が行く、心が動く、そして、そばにいたくなるんだろう。

僕は自分の掌を見た。掌の四分の一あたりで切れていた生命線が、半分ほどまで延びていた。

人生を80年として考えると、僕の生命線は10歳あたりで切れていた。それが今は、20歳ほどまでに延びている。10年分のいのちが増えたことになる。

僕の命は、彼女に紡がれたものだった。

「私のこと……怖くないの？」

震える声で彼女が言った。




た。

「戻ってきてくれると、思わなかった」

ブランケットに包まれた彼女は、ぽつりと言った。

「……戻るよ。何度間違っても、君に戻る」

初めて出会ったのは、平安神宮の紅枝垂れ桜の前だった。倒れる前に一瞬だけ見えその言葉は、僕が彼女に言った言葉と同じだった。

「怖いわけ……」

そこまで言って、涙が溢れそうになる。

彼女にそんなことを言わせてしまうなんて。

これほど悲しい言葉を僕は知らない。

「怖いわけ、ないじゃないか」

それだけ言って、彼女の頭を引き寄せる。

僕の右肩に乗った小さな頭が、小刻みに震えだした。

彼女が泣いている。僕も寄り添うように頭をくっつけ、左手を彼女の背中に回し、ブランケット越しに抱きしめた。

しばらく、彼女を抱きしめたまま、時間だけが過ぎていった。

彼女が泣き止んだころ、僕は「聞かせて?」と言った。

彼女の持つ、秘密を、僕に全部教えてほしい。

「どこから訊けばいいかな?」

「何でも答えるよ」

「じゃあ、雪さんの年齢は?」

「25歳……」

「雪さんの隣にいる、未来の僕の年齢は？」

「25歳だよ」

僕と彼女は、同い年。５年後の世界では夫婦になっている、ということか。

「じゃあ、雪さんは5年後から来てるってことだよね？」

「うん。そうだよ。今から5年後の世界から来てる」

「どうやって来てるの？」

と僕は訊いた。

僕の力は、桜の季節だけに起こる特殊能力だった。

けれど、僕の力だと思っていた能力は、実は雪さんの力で。

それならば、彼女も桜の季節限定の能力の持ち主ということになる。僕には操れないその力を、彼女はどうやってコントロールしているというのか。

「桜の花粉には、不思議な物質が含まれていることを知ってる？」

「知らない」

そんな話、初めて聞いた。

「その名前はエフェドリンといって、気管を拡張させたり、交感神経を刺激して、興奮を誘発する物質なの」

「……」

「お花見をするとすごく楽しい気持ちになったり、大勢で盛り上がったりするでしょう？　まじめな人が突然、服を脱いだり、踊ったりもする」

「うん……」

「それはエフェドリンの力。物質を感じ取りやすい人と、そうでない人がいる。感じ取りやすい人は、自分ではないような行動に出る時もあるの。桜の中に、多量のエフェドリンが含まれているわけではないけれど、ほとんどの人が知らず知らずのうちに感じて、不思議な桜の力に魅了されている」

桜は人を狂わせる、なんて言葉を聞いたことがあるけれど、それは理にかなった言葉だったのか。

「エフェドリンという覚醒物質には、集中力を高める効果もあって。私の体はその効果に強く反応した。桜の木の下へ行くと、感覚が研ぎ澄まされるの。深い深い集中力は、眠っている潜在意識の中へと、小さな私を連れて行った。小さな私は潜在意識の中で、いろんなことをして遊んだわ。目の前の石を飛ばしてみたり、ハンカチを消してみたり。現実ではできないことが、自分の脳の中ではできたの。そして、そんなことを繰り返していたある日、私は現実世界でも、物を飛ばせるようになっていた……」

「……」

「嘘みたいな話でしょ？」

言葉の出ない僕に、彼女は言った。

「でも……本当なんだろ？」

どこかで聞いたやり取りだった。

「うん。本当。はじめは物だけだった。小石や鉛筆、消しゴムを飛ばし、その次に弟のミニカーを飛ばすことができた。どんどん力を自由に操れるようになって、物の大きさや飛ばす距離も増えて、ランドセルや自転車なんかも飛ばせるようになったの。そして最後には……自分自身も飛ばせるようになった」

「それは……何の代償もなく？」

と僕は訊いた。特別な能力を話す彼女の表情に、明るさが見えなかったから。

「ううん」と彼女は首を横に振る。

「時空を超えることは、とても体力を使うことなの」

疲れたように笑う彼女の頬に、初めて会ったころのようなふくらみはない。

目の前にいる彼女は、痩せていて、それはダイエットという言葉では片づけられないほどだった。

『あなたに生きていてほしかったの。生きて、私たちに出会ってほしかった――』

雨上がりの鴨川沿いで聞いた彼女の言葉を、思い出していた。

彼女は、過去の僕を助けるために、自分の命を削って時空を超えて来たのだと思うと、瞼が熱くなった。

「……でも、そんな大げさに考えないで！　時間が経てば自然に戻るの。私が力を使えるのは春だけ。春に体力が落ちても、夏、秋、冬の間に回復するから。次の春が来るころ、私はまた元気な私に戻ってる」

だから心配しないで、と彼女は言った。

「でも、その力を使いすぎたら？」

もし、彼女の持つ能力を使いきり、その力がゼロになってしまったら、彼女はどうなってしまうのだろう。

「力が回復する前に、全部使ってしまったら……？」

そんな心配をするほど、彼女は痩せこけていた。顔色もよくなくて、今すぐにでも消えてしまいそうだった。

「それは……私にもわからない」

僕も彼女も言葉にしないだけで、薄々感づいていた。能力をすべて使えば、彼女は――。

僕は、細い手首をつかんで、

「じゃあ、これ以上は僕を守るために力を使わないで。君がつないでくれた命は、男として力を蓄えて成長した。自分のことは自分で守れる。十分に注意するから。これ以上、君の負担になりたくない」

「わかった。……もうしない」

「約束だよ」

「うん、約束」

雪さんはしばらく僕を見つめてから、体を寄せてきた。

僕たちはそうすることが当たり前かのように、唇を重ねた。

＊

止んだはずの小雨が、パラパラと降り始めていた。

窓に打ち付ける雨音が心地よく響くのは、腕の中いる彼女のせいかもしれない。

布団に包まれながら、こちらを向く彼女。

シーツで隠した顔が赤く染まって、可愛いと思った。

つややかな髪に触れ、真っ赤な唇に触れ、柔らかな肌に触れた。彼女が僕よりも5つも年上だと思えないのは、きっと童顔のせいだろう。

片手に彼女を抱きながら、窓を打つ雨音を聞いていた。その音は、簡単なメロディーに聞こえた。

「この音、あれに似てるね」

同じことを思っていたのか、通じ合えたのか、彼女がぽつりと言った。

「なんだけ、この雨の音。そうだ、わかった。子犬のマーチ。隆哉さんが弾いてたわ」

「未来の僕は、ピアノを弾くの？」

「ううん。弾けないから練習してたの。子どもたちにピアニカを教えなきゃいけないから。それはそれは必死だったよ。大きな指で必死に練習してるの、可愛かったな」

「いや、大の男が必死にピアニカって、全然可愛くはないと思うんだけど。でも、どうして？　ピアニカって」

もしかして、と直感が働いた。5年後の僕は――。

「そう。隆哉さんは今、小学校の先生なの」

「なれたんだ」

「もちろんだよ。隆哉さんは今、私の住む田舎の小さな小学校で先生をしている。隆哉さんは誰にでも平等で優しくて、ちょっと熱くて、人気者の先生だよ」

褒められて嬉しいのに、どこか悔しくも思う。同一人物のはずなのに、実感がないせいだろうか。彼女が他の男のことを話しているような気にもなって、なぜか妬けた。

そして、僕はずっと引っかかっていたことを訊いた。

「僕は〝隆哉君〟なのに、未来の僕は〝隆哉さん〟なんだ」

「そんなところに引っかかるんだ」と彼女は笑う。

「隆哉さんは同じ年だけど、私よりずっと大人だから。私は隆哉さんにたくさん救われて、守られて、今とっても幸せなの」

彼女の瞳が見つめているのは、今の僕でありながら、僕ではない。

たしかに彼女は、未来の僕に恋をしている。

「今の僕とは、違う？」

しつこいようだけど、訊いてみた。やっぱり悔しいのだ。

「5年の月日は、大きいなと思うよ」

「どういう意味だよ」

負けた気がした。いや、実際負けてるのだ、未来の自分に。冷静に考えれば、それは嬉しいことなのだろう。でも、やはり悔しい。

くすぐり合う。彼女がきゃあと声を出し、笑う。

可愛くて仕方がない。くすぐり合ってはみ出た彼女の滑らかな足を布団の中に入れて、顔を寄せ合って笑った。

どんどん彼女を好きになる。

彼女の笑い方、すね方、声の出し方、僕へ触れる手の動かし方、すべて見ていたくなる。もっと彼女を知りたくなる。

幸せだ、と心から思った。

「でも、大学生の隆哉君に出会えて、本当によかった。やっぱり私は隆哉君に惹かれるんだと思ったよ。年とかタイミングとか関係なく、私はいつでも、あなたを見つけるんだなって」

「うん」

僕は頷く。ぎゅうと抱きしめる。

彼女は僕に抱きしめられながら、

「今のあなたと会えるのは、あと二日くらいかな。桜が散れば、私はこの世界に来ることはできないから。そうしたら、未来で私を見つけてね」

そこまで話して、彼女は静かに目を閉じた。疲れた顔は、幸せそうにも見える。僕はそっと布団をかけた。


それから僕は、彼女に未来の話を聞いた。

幼稚園で見た子が、僕たちの子どもにそっくりだったということ。

「どんな子なの？」

散りゆく桜並木を歩きながら、手を繋ぎ、未来の子どもの話をする。とても不思議な気分だった。僕の未来が、これほどまでに暖かい世界に繋がっているなんて、今まで考えたこともなかった。

「優しくて、可愛くて、でも、男らしいの」

「そうなの？」

僕は笑った。いろんなことが矛盾している。

「そう。顔つきは可愛らしいんだけど、性格は男の子なの。ママのこと、僕が守るからね！　とか言ってくれる」

彼女の顔はにやけている。男の子は母親にとって小さな恋人だと聞いたことがあるが、まさにそのような顔つきだった。

「やっぱりね、あなたに似てるよ」

「僕に？」

「うん。隆哉君のまっすぐな性格も。みんなに優しいところも。誰も……置いていかないところも……」

「……」

「正義感が強くて、可愛くて男らしい。二人の王子さまに囲まれて、私、今、最高に幸せなの」

胸の奥あたりがきゅうと痛いほど縮んだ。

僕は遠くない未来で、彼女と、そして僕の分身のような子どもに出会う。

今よりも逞しい男になっているのだろう。早く大人になりたいと思った。

目の前の彼女を、僕の手で守れる大人に。

「僕たちはいつ出会うの？」

「これ以上は、内緒」

「どうして？」

と僕は訊いた。聞ける情報はすべて聞いておきたい。間違えた道を歩いて、君たちに辿り着けないのは嫌だから。

「答え合わせは、つまらないじゃない」

「でも、会えなかったら？」

「大丈夫。私たちはきっと繋がっているから」

「……」

「私さえ、間違えなかったら、大丈夫なの」

散りゆく桜吹雪を見つめながら、はっきりと彼女が言う。

目を閉じると、晴れ上がった青空が見えた。

田舎にある一軒家。僕は庭に繋がる広い縁側で大の字になって、寝転んでいる。

庭には、洗いざらしのシーツを干す君と、その隣には、僕の子どものころとそっくりな男の子がいる。

『そんなところで寝てばかりいないで、あなたも手伝って！』

怒られている。ドスっとおなかに錘《おもり》のような重さが乗って、苦しさに目を開けると、

『お父ちゃん！　お母ちゃんの手伝いをしなさい！』

可愛い男の子が、僕の腹の上で怒っている。怒った顔は彼女のほうに似ているのかもしれない。

僕は男の子に手を引かれ、緑の山々に囲まれた広い庭の真ん中へ。

雪さんと男の子と一緒に、洗ったばかりの真っ白なシーツを洗濯竿に干す。

真っ白なシーツが太陽に透けて見えた。

『早く、早く』


今、僕が見たものは、きっと桜が連れて来た幻だ。

けれど、たしかに未来にあるものだと思った。

きっと彼女は、その幸せを守るためにこの場所にやって来たのだ。

それならば、僕はこの現実を受け入れよう。

ボロボロになりながらも、時空を超えて、僕に会いに来た彼女の愛を受け止めたい。

「わかった、訊かない」

僕たちは、きっと、未来で出会えるはずだ。それが運命というのなら。

「でも、必ず見つけてね」

「どっちだよ」

弱気になった彼女の言葉に笑いが漏れた。

「約束だよ」

「わかった、約束」

「隆哉……愛してる」

どちらの僕に向けられた言葉なのだろうか。そんなことを思いながら、彼女を見つめた。

互いの体を抱きしめ合うと、心音が重なって、一つになった。

大半の花びらが散り終えて、白い花をこぼし始めた桜の木の下で、僕たちはまたキスをした。

# 最終章

僕たちは、残りの時間を大切に過ごすと決めた。

その時間の使い方はすべて、彼女を笑顔にするものがいいと思った。

彼女に何がしたいかと訊くと、「どうしようかな」と悩んでから、「一度でいいから座禅が組みたい」と言った。

まさか、そうくるとは。ひどく困った僕は、昨夜、千恵子おばさんに尋ねたのだ。

「ここ？」

「そう。ここで座禅をできるそうだよ」

千恵子おばさんに教えてもらったのは、京阪本線《けいはんほんせん》祇園四条駅《ぎおんしじょうえき》から少し歩いたところにある建仁寺《けんにんじ》、両足院《りょうそくいん》というお寺だった。通常、非公開の寺院なのだが、不定期で座禅、その後に僧侶による法話が聞けるらしい。

そのことを彼女に伝えると、「今日行けるなんてあたりだね」と言った。

「ほんと、あたりだね」

僕たちは、寺院へと向かった。

そこは、祇園の真ん中に立つお寺とは思えないほど、緑豊かなお寺だった。

広い和室へと通されると、僕たちは対面で座って、座禅を行った。

お寺に流れる澄んだ空気を吸いながら深く呼吸すれば、心が洗われるような気持ちになる。

ただ静かに流れていく時間に身を委ねて、瞼を閉じていく「無」に近づく感覚は、とても気持ちがよかった。

――『桜の下へ行くと、感覚が研ぎ澄まされるの』

桜の下の彼女は、きっとこのような気分なのだろう。

ゆらりゆらりと揺れる波に身を任せて、時の流れに身を委ねて、そして強く念じると、きっと彼女は飛べるのだ。

高く、遠く、願った場所へと。

とても不思議なことだけど、彼女ならできそうな気がした。

閉じていた瞳を開けて彼女を見ると、たまたまだろうが、目を開けた彼女と目が合った。

僕に向けて微笑んだ彼女の肩が、背後からトントンと叩かれる。

しまったと思った瞬間、彼女の肩は、パシンと痛々しい音を立てた。

「楽しかったね」

「痛そうでもあったけど」

「そう。叩かれた時は確かに痛いと思ったんだけど、実はそんなに痛くないの。叩き方がうまいのかな？」

「叩き方がうまいって、そんなのある？」

彼女の発想は、少し変わっていて面白い。

「あるよ！　インフルエンザの予防接種でも、受けるまでは痛いじゃない！　でも、実際は案外、痛くなかったりする。それって絶対、注射の打ち方がうまいんだって！」

　受けるまでは痛いって、それは身体的なものではなく、精神的なものだろう？

　僕は声に出して笑った。やはり彼女の飾らないところが好きだ。

「もう、なんで笑うかな……」

　出会って、恋をして、恋人になれて、数日が経ち、やっとお互いの距離が縮まってきたように思う。隠しごとがなくなったせいかもしれない。

　そんな彼女ともっと一緒にいたい。もっと君の横顔を、ふくれっ面を見つめていたい。

そんなふうにどれだけ願っても、その時間はもうすぐ終わってしまうのだけど。

「わ！　舞妓さんがいる！」

彼女は花見小路通《はなみこうじどおり》のお店から出てきた着物姿の女性を見つけると、駆け寄っていった。

綺麗に結われた髪に、舞妓さん風の化粧、赤い唇、艶やかな着物姿。

どこからどう見ても舞妓さんの風貌で、外国人旅行者が写真撮影を懇願していた。

その様子を、少し遠い場所から目を輝かせて見る彼女に、僕はこっそり言った。

「あの人、きっと観光客だよ」

「嘘⁉」

「舞妓体験っていうのができるって、千恵子おばさんが言ってた」

「そうなの？　でも、どこからどう見ても、舞妓さんにしか見えないんだけど」

「ほら、着物の裾《すそ》が短いだろ？　あれは観光客用に裾を切ってるんだって。本物の舞妓さんの着物の裾は長くて、褄《つま》を持ち上げて歩いている。履物の高さだって、もっと高いそうだよ？」

「知らなかった」

「舞妓さんは芸妓修業中の身だから、好きなお店に出入りするのはご法度だとも教えてもらったな。もし、会えるとしたら……」

「これ、おとさはりましたよ?」

話している途中で背後から声をかけられた。

振り返ると、ハンカチを手に持った着物姿の少女がいた。

化粧はしておらず、髪も結われてはいない。

『もし会えるとしたら、お稽古帰りのすっぴんの舞妓さんやろうな』

僕は千恵子おばさんの言葉を思い出し、彼女に耳打ちする。

「本物の舞妓さんだよ」

彼女は頬を真っ赤に染め、落としたハンカチを受け取ると、握手をしてもらってい
た。


「やったね、やった! 本物の舞妓さんに会えたね!」

頬を染める彼女と、京都の街並みを歩く。

「まさか、本物に会えると思わなかったな。あの子、まだ小さかったよね? 高校生
くらいかな?」

「どうだろうね」

「ほらまた、そうゆう言い方をする」

「その言い方は気持ちが半分しかこもってないと思います、だろ？」

「その通りです」

そんな話をしながら、笑いながら、僕たちは京都の町中を歩いた。

彼女とめぐったレトロ喫茶のお店、秘密を打ち明けた鴨川、彼女と過ごした短くも濃い日常が浮かび上がってくる。

「いい街だったなあ」

赤信号になった横断歩道で、隣の彼女がぽつりと言った。

彼女は穏やかな表情で、この町を見ていた。

「行こう？」

信号が青になって、彼女が小さな掌をこちらに向ける。ともに添えられる花のような笑顔に、僕は引き寄せられる。

「うん……」

歩きながら、僕は思った。

彼女はこの町を、隣にいる僕を、思い出にしようとしているのだ、と。

それは仕方のないことだろう。

わかっているけれど、胸の中をふっと冷たい風が通りすぎていった。

「そんな顔しないで」

横断歩道を渡り終えると、大通りに繋がる小道に入ったところで彼女は言った。

そりゃ……するよ。と僕は思う。

もうすぐ、君は、元の世界へ帰るのだから。

未来で、僕と彼女の運命の糸がたとえ繋がっていようとも、ここで別れたら僕たちは当分、会えないのだ。

その時間を僕は知らない。

どれだけの季節を一人で過ごせば、この狸のように可愛い彼女と出会うことができるのだろう。

未来を得るために、今の彼女を失わないといけないということが、これほど悲しいというのに、雪さんは僕のような気持ちにはならないのだろうか？

平然としていよう。彼女と過ごす残りの時間を、穏やかで笑顔の絶えないものにしようと、思っているのに、どうしても心が言うことを聞かなかった。

「私ね」

街灯の騒音が遠くかすんで、僕の耳に届く音は、彼女の声だけだった。

彼女の睫毛の奥に、儚い寂しさが見えた気がした。

「あなたの過去に、3回行ったわ」

そう言う彼女の髪が、ふわりと舞い上がった。

彼女は風のように舞い上がり、時空に乗って、僕の過去へとジャンプしていたのだろう。

「どうして、3回なの？」

と僕は訊く。

「あなたのお母さんに教えてもらったの。隆哉さんが危ない目にあったのは、あなたが10歳、15歳、20歳の春だったって」

ふと、気まぐれな春の死神が、5年おきに僕の命を狙っていたのだろうか、と思った。本当のことは、誰にもわからないけれど。

過去に彼女の姿を見たわけではないが、僕はその時のことをしっかりと覚えていた。

今思えば、すべて彼女の言うとおりだ。

僕の周りで何かが消えたのは、小5の春、高一の春、そして、今、二十歳の春だった。

「私は必死だった。どの事故が、どの怪我が、将来のあなたに後遺症を残すものなのかわからなかった。だから、危険だと思ったものをすべて消したわ……」

その光景を思い出した彼女の瞳に、涙が宿ったのが見えた。

どれほど、大変だったのだろう。

感謝の気持ちを込めて一つ頷くと、彼女はゆっくりと言葉を続けた。

「10歳の春、15歳の春と、あなたに降りかかる危険をすべて飛ばして元の世界へ戻ると、25歳の隆哉さんの容体はどんどんよくなっていったの。意識もなく、病院で寝たきりだったのに、しばらくすると、隆哉さんの目が覚めて。『雪……』と名前を呼んでくれた。手を握ってくれた。頭を撫でてくれた……。私は涙が出るほど、嬉しかった……」

彼女の深い愛の言葉に、震える声に、僕のほうが涙が出そうになる。

こみ上げる熱いものをただ隠すように、僕は訊いた。

「今の僕は……、どうしてるの？」

訊いてはいけないような気もしたけれど、知っておきたかった。

「隆哉さんは今、小学校へ行ってるよ」

「働けるくらい、元気になったんだ……」

安堵してため息をこぼす僕に、彼女は視線を外して言った。

「車いすで……だけど……」

だからなのか、と僕は思った。

彼女が大切に持っていた三枚目の家族写真には、三歳になる男の子と、雪さん、そして車いすに乗っている大人になった僕が写っていた。

今、20歳の僕のもとに彼女がいるのは、車いす生活になった原因を取り除こうとしているのだと、やっとわかった。

彼女はずっと僕のそばで気を張りながら、未来の僕に繋がる事故を防ごうとしている。

その行動は、自然の摂理に反することなのかもしれない。

けれど、もし僕が彼女と同じ立場なら、きっと彼女の過去へ行き、自分の命を削ってでも、彼女の命を守りたいと思うだろう。

本当の愛とはきっと、その人に生きてほしいと願うことだと思うから。

その人の幸せを、ずっと願い続けることだと思うから。

「そっか」

その時、彼女が、何度も何度も、僕の顔をじっと見つめていた理由がわかった。

『私のやり方は合っている？　ちゃんと未来のあなたを救えている？』

彼女は流れゆく時間の中で、ずっと戦っていたのだ。僕の命を繋ぐために。

「雪さん……」

僕は彼女に手を伸ばして、腕の中に引き寄せた。

「隆哉君、人に見られるよ……」

裏路地に立つ僕らをチラチラと見ながら、人々が通り過ぎていく。

けれど、そんなことはどうでもよかった。ただ、今の気持ちを彼女に伝えたかった。

これほど深い愛を与え続けてくれる、市井雪さんに──。

「雪さん……たくさん、ありがとう」

「……うん」

「でも、もういいからね」

「え？」

「この間も言っただろう？　もう頑張らなくていいから」

未来の僕と比べれば、今の僕などまだまだ子どもで、頼りない男なのかもしれない。

けれど、君を想う心はきっと同じだ。

「頼りないかもしれないけど、頼って。僕だって、君を守りたいんだ──」

僕の腕の中で、こわばっていた肩の力が抜けたのがわかった。

彼女が僕の額におでこを押し当てると、やせ細った肩が小刻みに震えた。

未来の僕が立ち上がるのを夢見ている彼女に、今の僕の姿はどう見えているのだろう。

どれだけの思いで、この場所へ来ているのだろう。

「雪さん、……愛してる」

今も、これからも、ずっとあなただけを——。

そう思い、抱きしめる僕は、〝今〟の幸せがなくなることがどうしようもなく辛いと思っていた先ほどまでの自分が、とても小さく思えた。

僕の未来にこの人が待っていてくれるなら、これ以上の幸せはない。

だから、この先の未来がどうなろうと、結果、未来は変わらず車いす生活になるとしても、きっと僕は幸せなはずだ。

これほど愛してくれる人と、出会えるのだから——。

思い出す。

家族写真に写る未来の僕の表情は、心に染み入るような、優しい笑顔だった。

＊

いくら晴れの日だからと言っても、初春の早朝の気温はまだ低い。

僕は上着を羽織って、『菊屋』へと向かった。厨房にはすでに明かりが灯っている。

裏口から厨房へ入ると、桜葉の香りがほんのりと漂っていた。その奥に、割烹着を着た大きな背中が見える。

「叔父さん、おはよう」

「おお。約束の時間より早いな」

「うん。今日はよろしくお願いします」

そう言って、叔父さんに頭を下げた。

今日は叔父さんに、和菓子作りを教えてもらう約束をしていた。店頭に立ちながら、ずっと憧れていた。

「まずは、着替えて、手洗いをせえ。それが終わったら生地作りから始めるからな」

僕は叔父さんの声に頷いて、身支度を整えて手を洗う。そして、教えてもらった分量の道明寺粉と上白糖をボールに入れて、粒をつぶさないように丁寧に混ぜていく。

「せや。それくらいでええ。次は手にシロップを塗って、掌に生地、その中央に餡玉を乗せるんや」

　おじさんに言われたように、僕は掌に生地、餡玉を乗せる。

「次は、餅を閉じる。指先をうまく使え」

「こう？」

「そや」

　言われた通り、指先で生地の口をすぼめて、しっかりと閉じた。

「それからその餅を俵型に成形して、最後に塩漬けにしておいた桜の葉を巻く」

　言われた通り、餅を俵型に整えて、最後に桜の葉を巻いた。

「できた」

　掌の上に、不格好な桜餅が乗っている。

　僕は、初めて、自分の手で和菓子を作った。

　昨夜、彼女と別れてから小雨が降った。しっとりとした春の雨のせいで、桜の花びらはほとんど散ってしまった。まだわずかに残っている花たちを見ながら、彼女と会えるのは今日で終わりだと思った。

　僕は彼女を笑顔のまま、未来へ送りたい。今日は自分の手で、彼女の笑顔を作りたかった。そして、昨夜、叔父さんに頼み込んだのだ。「和菓子の作り方を教えて」と。

叔父さんは快く引き受けてくれた。不器用やなと笑いながらも、丁寧に教えてくれた。

「ほら、これも持っていけ」

そう言って叔父さんは、あの時と同じ東雲のどら焼きも持たせてくれた。

「ありがとう、行ってきます！」

僕は不格好な桜餅と美しいどら焼きを持って、彼女が待つベンチへと向かった。

まだ観光客の姿は見えず、ちらほらと地元の人たちが散歩をしているだけのようだった。

ベンチに座ると、頭上から桜の花びらが降ってきた。

掌をかざすと、そこに二枚の桜が乗った。掌をすり抜けて僕の肩にも、足にも、靴の上にも、ハラハラと舞っては落ちる。

僕に触れる花びらの匂いが、彼女との思い出を連れてくる。

和菓子を買いに来た彼女に追いかけて声をかけ、一緒にこのベンチで食べた。ふっくらとした頬を緩めて、幸せそうに食べる女の子だった。

本当に和菓子が大好きなんだな。そんな姿が可愛いなぁって思って、見ていたっけ……。

「おはよう。早いね」

気づけば、彼女が目の前に立っていた。

「うん……おはよう」

早く会いたくて、という言葉は、彼女を見た瞬間吹き飛んだ。

その思いは、会えて嬉しいという言葉へと変わったからだ。

雪さんは、一人分開けておいたベンチにそっと腰掛けた。

「雪さんも早いね」

「……うん」

そばにいれて、嬉しい。隣にいてくれて、嬉しい。今日も会えて、嬉しい。

嬉しいという言葉に、様々な気持ちがくっついていく。彼女を見ると、僕の心はドギマギしてくる。僕は、会うたびに何度も君に恋をしている。

「なんかいい匂いがする？」

彼女は鼻でクンクンとにおいを嗅いで、言った。

「実は、桜餅を持ってきたんだ」

「叔父さん特製の？」

「いや、今日は、僕が作ったんだ」

厳密に言うと叔父さんに手伝ってもらいながら、なのだけど。

「本当⁉」

と、彼女の瞳が輝いた。

僕は、茶色の包み紙から和菓子を取り出して、彼女の掌に桜餅を乗せる。

「すごいね、本当に作ったんだ……」

桜の葉も中央に巻けていないような、不格好な桜餅を見て彼女が呟いた。

「うん。雪さんが喜んでくれたらいいなと思って」

「……ありがとう」

しっとりと桜餅を見つめてから、彼女が言った。

そして、僕を見つめて、また桜餅を見て、「食べていい？」と訊く。

頷くと、「いただきます」と、パクっと食べた。

彼女の笑顔がほころんだ。

「今まで食べた中で、一番美味しいよ？」

「そこまで言わなくても」

「本当だよ……。世界で一番、美味しい」

ささやかな幸福の時間を期待していた僕に訪れたのは、溢れるような幸福感だった。

目もくらむような笑顔と言葉をもらって、僕は足の先から頭の先まで幸せだと思った。

「雪さん、今日はいつまでいれるの？」

「ギリギリまでかな」

「ギリギリって？」

「桜の花粉が届かなくなると、私はこちらの世界にはいられない。花粉が切れると時間切れっていうのかな……私は、自然と元の世界へと戻ってしまうの。だから、ギリギリまで。桜の魔法が届かなくなるまで、一緒にいたいと思ってるよ？」

雨上がりの桜並木は、ほとんどの花が散り終えて、枝のところどころに数枚の花びらが残っているだけだった。

ずっと向こうまで、見渡す限り淡い桜色が続いていた疏水沿いも、今は足元がピンク色に染まり、まるで花びらの絨毯のようだ。

残された時間が思っていたよりも短いことに、彼女もきっと気づいている。

だから、今日、早朝から待ち合わせ場所へと来てくれたのだろう。

「うん。僕も、ギリギリまで一緒にいたい」

なにげなく彼女のほうを見て、そう呟いただけなのに、彼女の頬が赤く染まっていく。

ほてりを取ろうと頬を押さえる姿も、照れ隠しのために視線を外して笑う姿も愛おしいと思った。

「少し、散歩しようか」

「そうだね」

「このあたりで一番大きな桜の木を見に行こう」

雪さんが頷き、僕は彼女の手を引いて歩いた。

僕たちは、残りの春を楽しみながら会話を続けた。人通りはまだ少ない。

疏水沿いの桜の木と比べれば、花のついている数は多いだろうと思って来てみたけれど、それほど変わらなかった。

「残念だな」

「何が？」

「大きな桜の木の下へ来れば、少しでも長く雪さんと一緒にいられると思ったんだ……」

過去の出来事を思い返そうとしても、僕の過去はいつも色褪せて見える。

白黒のように見える時もあれば、セピア色に見えたりもする。

過去だから色褪せて見えるわけではなく、未来を想像する時もそうだった。

僕の未来に、穏やかな景色など存在しない、そんな感覚が付きまとっていた。

けれど、隣に君がいるせいだろうか。君が未来の欠片を、僕に話してくれたからだろうか。

僕の想像する未来は優しく穏やかな景色で包まれて、その意識の中に、桜色という色が生まれた。

全部、君のおかげだ。

未来に期待などしていなかった僕の世界に道が見え、その周りの景色は暖かな色彩で彩られている。その道を早く歩きたいと思う。

そう願う僕の気持ちを優しく包むように、彼女は微笑む。

そして、目を伏せて、降ってきた桜の花びらをつまんで言った。

「私は……山桜が綺麗な県で、生まれ育ってね……」

「うん」

「私は、その町で少し変わった子だと言われて育ったの……」

「それは、雪さんの持つ能力のせい？」

「うん。そう……私は、ううん。私だけが、春になると、いろんな物を飛ばせた」

人と違う能力を持つ者。僕たちは社会的少数派。人はそれを、マイノリティと呼ぶ。

「皆、私のことを怖がった。避けていった。私はずっと一人だった」

その感覚は、繊細な子どもの心を深く傷つける。

自分ではどうしようもできない痛みを、わかってくれる人はいない。

ただ、どうしていいかわからず、もがき苦しむだけなのだ。

「ずっと、人を避けて生きてきたの。私がいると迷惑がかかると思っていたわ。それは大人になっても変わらなかった。私はこのまま一人でひっそり暮らして、恋も知らず、ひっそり死ぬんだと思っていた……。そんな時、隆哉さんが現れたの。

隆哉さんは時間をかけて私との距離を縮めてくれて、私は初めてこの能力を打ち明けた。隆哉さんは、ありのままの私を受け入れてくれた。私は彼に惹かれた。初めての恋だった。そして、いくつかの夜を一緒に散歩したの。その時、彼がぽつりと言ったわ」

「何？」

「僕はクラスの生徒たちに、消しゴムは使わなくていいって言ってるんだ、って」

「消しゴム？」

「そう。まじめな顔して突然、何を言い出すんだろうとびっくりしたよ」

と彼女は笑った。とても優しい笑顔だった。

「消しゴムを使わない授業をすると、他の先生にも、父兄にも、怒られるんだって。それでも隆哉さんは続けてる、って言うの」

どうしてだろう……と僕は思った。

そんなの、批判が来るに決まっているのに。

「大学三年生の授業で習ったんだって。フランスの学校は、消しゴムを使わないって」

「じゃあ、何で消すの？」

と僕は訊いた。

僕にとっては、まだ習っていない授業の話だったから。

「消さないんだって」

「え？」

「間違いも、あえて残しておくそうだよ」

僕の言葉を思い出すかのように、遠い目をして彼女は話を続けた。

「フランスの教育方法は、消しゴムを使わない。間違いは二重線で正すだけで、あえて残しておくというの。それは、正解よりも、考え方やプロセスを大切にするからなんだって。その導き方が美しかったら、たとえ正解じゃなくても、点だってくれるそうだよ？」

それは、僕の知らない国の教育法だった。

「消しゴムを使わないフランスの子どもたちは、一つの答えに行きつくまでに、いろんな考え方や答えがあることに気づくというの。いろんな人の考えがあり、それに繋がる人生がある。人生の正解は一つじゃないことを知る子どもたちは、間違いも、他者との違いも排除せず、自分の人生を愛するように、他者の人生も愛せるようになる。僕の受け持つ子どもたちも、そんなふうに育ってほしい……彼はそう言ったわ」

「……」

「それはきっと、優しい世界を作る方法」

「……」

「全然うまくいかなくて、怒られてばかりなんだけど。そう言って、顔をくしゃくしゃにして笑う彼を見て、私は思ったの。こんな人がいてくれるのなら、私ももう一度、頑張ってみようって。もう一度、未来を信じてみようって……」

「……」

「隆哉さんのような人が、一人でも二人でも増えてくれたなら……この世界は、きっと優しい世界に変わるだろうって――」

彼女の言葉が、僕の胸にえぐるように突き刺さる。

僕たちは社会的少数派。マイノリティだった。

その弱さと辛さが、強さになって、未来を変えたいと願っているのかもしれない。

どうか大切な君がいるこの世界が、大切な子どもが育つこの世界が、もっと優しい世界になりますように——って。

「ごめんね。かなり喋ったよね……少し、喉が渇いたな？ 何か飲み物買ってくるね」

彼女が立ち上がり、先ほど歩いてきた道に並んでいる自動販売機のほうへと向かった。

きっとこれも、照れ隠しの一つなのだろう。

火照った表情を見られることを、彼女はいつも恥ずかしがるから。

僕は彼女の帰りを、この場所で待つことにした。

すぐ近くにあると思っていたが、実際の距離は思っていたよりも遠かったようだ。

なかなか彼女が帰ってこないので、そちらに目を向けると、彼女はまだ自動販売機前にいた。ジュースを一本手に持ち、もう一本をどれにしようかと悩んでいるようだった。

その奥に人影が見えた。もうすぐ正午だから、花見客が増えたのだろう。疏水沿いにブルーシートを広げるカップル。その隣には、お弁当を持った家族の姿もあった。疏水沿いだけでは物足りないといった子どもたちが、桜の木の周りで鬼ごっこを始めていた。桜並木の下を歩く老人の姿も見える。穏やかな春の終わりを皆、それぞれに楽しんでいた。

とても静かな春の日だった。静かな日に、お花見ができてよかった。

彼女がジュースを持って帰ってきてくれたら、叔父さんが持たせてくれた東雲のどら焼きでも食べようか。きっと彼女は喜んでくれるだろう。

その時、ガコンと自動販売機が大きな音を立てた。

その音に反応して、再び彼女のほうを見ると、彼女も僕のほうを見て「びっくりした」と言った顔で微笑む。

やせ細った手で、缶ジュースを持ち上げる彼女を、うっすらとした春霞が包んだ。

そっと空を見上げると、灰色の雲に覆われていた。

最近、天候が不安定だ。

雨が降ったり止んだりを繰り返す空に、どうかもってくれよ、と願うが、辺りを包む霧の深さはより濃くなった。

願いは届かなかったようだ。

雨が降る前に彼女を迎えに行こうと、立ち上がったその時、

「きゃあ！」

どこかから、甲高い悲鳴のような声が聞こえた。

一瞬、彼女の声かと焦ったが、声は、彼女のいる場所とは反対から聞こえてきた。

僕から見て左側に彼女。

そして右側から、再び短く吐き出された悲鳴と、荒れ狂う犬の鳴き声が聞こえてくる。

僕の周りは霧のような霞に包まれていて、今、何が起こっているのかはっきりとはわからなかった。

風が強く吹く。

「嫌!!」

桜吹雪が舞い上がる。

「きゃあああ!!」

奥から連なって聞こえてくる悲鳴と、逃げ惑う人々の足音に、びっしりと鳥肌が立った。

何が、起きてる……？　何が？

妙な胸騒ぎがした。

足がすくむほどの恐怖を覚えながら、僕は悲鳴がするほうを見た。

桜並木の奥から、誰かがこちらへ向かって歩いてくるのが見えた。

それは、大きな男だった。

真っ黒な服装に身を固めた大男が、道の真ん中を歩いている。

黒いコートの中のＴシャツはよれて、ジーンズの汚れも尋常じゃない。

メガネの奥にある鋭い瞳であたりを物色しながら歩くその姿には、桜を見る様子も、春を楽しむ様子もなかった。その姿は、違和感の塊だった。

異様な雰囲気に飲み込まれそうになった時、男の手に光る物が見えた。

それがナイフだと気づいた時、僕はある言葉を思い出した。

〝春は、人を狂わせる〟

——通り魔、だった。

男は周囲に探るような眼を向けていた。

そこに逃げ遅れた子どもがいた。男は刺すような眼で、その子を見た。

男が標的を決めた。

「やめろ‼」

気づけば、声が出ていた。

男は僕の存在を確認すると、口元を歪ませ、じりじりと歩み寄ってきた。

恐怖が駆け足でやってくる。骨の髄まで凍る思いがした。

「じゃあ、お前だな」

獣のような男は、地を這うような声でそれだけ言うと、腕を振り上げた。

恐怖のあまり、体を震わせることしかできない。ナイフの刃先は、容赦なく僕の左足の付け根を狙って、真っすぐに振り下ろされた。

「ダメッ‼」

背後から聞こえてきた声と同時に、辺りがシンとなった。

痛みを感じない身体を不思議に思い、きつく閉じた瞼をそっと開けると、目の前の大男が消えていた。

あたりは静寂に包まれ、その後、騒然となった。

「どうしたの……？」

「あの男は？」

どこへ行った？

周りから聞こえる声と、自分の思考がリンクしていた。

僕は動かない脳を何とか動かして、考えた。

目の前で、男が、消えた。

僕に降りかかる危険が、目の前で消えた。

——こんなことをできるのは、彼女しかいない。

僕は、頭から冷水をかけられた気分になった。こわばった表情のまま、彼女がいる自動販売機のほうを見ると、いつしか春霞は消えて、その場面をはっきりと映し出していた。

僕の目に映るのは、自動販売機の前で小さくうずくまる彼女だった。

「雪さん‼」

足を一歩動かすだけで、体がギシギシと音を立てる。体も口元もこわばったまま、僕は絡まる足を引きずるようにして彼女のもとに駆け寄った。

「どうして、どうして……！」

空回りする思いが言葉にならない。

ただ、彼女の顔は真っ青だった。

かつてふっくらとしていた頬は痩せこけて、滑らかだった手と足は、棒のように見えた。

「大丈夫だよ……もう二度と戻って来れないくらい……遠い遠い……山の奥へと……飛ばしたから……」

切れ切れに、彼女が言った。

息を吐くのも吸うのも、やっとといった状態だった。

「……そんなことしたら」

そんな痩せ衰えた姿で、すべての力を使ってしまったら。

君の命は、なくなってしまうというのに――……！

「ごめんね……必死だった……とっさに……あなたたちを守りたくて……私は……」

彼女が見つめる先に、僕。その肩越しに、小さな男の子がいた。

男の子は、その場でフルフルと震えていた。あとから追いついた母親が、全身を包むように力強く抱きしめている。

その姿を見て、彼女は「よかった……」と言った。

カサカサに乾いた皮膚の上に、落ちた涙が染み込んでいく。

僕の涙が、彼女の肌を桜の花びらへ変えていく。

慌てて拭うが、彼女は体の先端から桜の花びらになっていった。

地面に触れると、花びらは、雪のように解けていく。その存在を消し去るかのように。

「桜の成分を……吸い込みすぎちゃった……かな……」

先端から少しずつ花びらに変わっていく動かない身体で、どこまでも笑顔の彼女が言う。

半透明の体は、淡く輝き、するすると彼女の体を桃色の花びらへと変えていった。

「嫌だ！　雪さん‼　嫌だよ‼‼」

桜の花びらへと変わっていく雪さんの手を掴む。その花びらは、僕の体温で溶けていった。

ああ、僕のせいだ。

僕を助けるために、彼女は、残りの力をすべて使ってしまった。

約束をしたのに。自分の命は自分で守ると。そう約束したはずなのに――。

無謀で、無力な自分が嫌になる。

どうして、彼女の前で、危険を冒してしまったんだ……。

どうして、彼女のほうへ行かなかったんだ……。

どうして、彼女の命を一番に考えなかったんだ……。

「雪さん‼」

消えゆく彼女に、僕は何もできなかった。

ただ叫ぶことしかできない僕に、彼女はそっと呟いた。

「そんな顔……しないで……」

「でも……っ」

ただ、悔しいんだ。あと少しだったのに。

僕は君を無事、未来へ帰さなきゃいけなかったのに――。

「私は、隆哉君が、やっぱり〝隆哉さん〟で嬉しかったよ?」

「……」

「あの子を守ってくれて、嬉しかった……」

「……」

「私、あなたに会えて……とっても幸せだった……」

「……」

「ありがとう……隆哉……」

……あいしてる

彼女は、声にならない愛の言葉を残して、自身のすべてを桜の花びらに変えて。

ハラハラと、それはまるで、春の雪のように——。

消えた。

「嫌だあ！　雪さん‼」

「嫌だあああ‼　雪さん!!!!」

僕の手の中にも、足元にも、大量の桜の花びらが落ちているだけだった。

どれだけ大きな声で叫んでも、僕の声はもう雪さんには届かない。

桜の花が散り終えた春の中で、それでも僕は呼び続けた。

「雪さん‼　雪さん!!!!」

雪さん!!!!

雪さん!!!!

# エピローグ

世界で一番大切な人に出会った。

その人は狸のように可愛くて、子どものように純粋で、大人の女性のように凛としていて。

僕の命を守るため、未来からやって来た人だった。

僕の掌の生命線は、あの事件以来、ずっと延びた。

20歳で切れていた生命線は、80歳、いや、100歳くらいまで延びている。

彼女は成功したのだろう。

僕に降りかかる危険をすべて取り除き、完璧に僕を守ったことになる。

けれど、僕の未来は真っ暗なままだった。

──『私は、あなたがいないと生きていけない』

鴨川沿いで彼女がそう言った。

それは、僕も同じなのだ。

僕の人生の中に君がいないなら、僕が生きる意味などない。

それでも、彼女がいなくなっても日々は続いた。僕はただ、呼吸をするだけの毎日だった。

雪が降れば、消えた彼女を思い出し、春になれば、桜の姿に彼女を見た。和菓子を見れば、ほおばった頬を、幸せそうな笑みを思い出し、遠回しな言い方をすれば、「それは、気持ちが半分しかこもってないと感じます」と、どこかから彼女の声が聞こえる気がした。

それは、僕の人生の半分を、彼女が作ったから。

僕の命は、彼女に守られた命だったから――。

桜の色を添えられた僕の人生が、またセピア色の生活へ戻っただけだけれど、僕はそれでいいと思った。

彼女がいない人生など、もう自分の人生ではないのだ――。

いつしか夏が終わり、秋が来ていた。

黄色に変わった木々が、秋風にさわさわと揺れている。

淡く滲むような日差しの中で、冷たく澄んだ空気を頬に感じる。

「市井君？」

大学の講義が終わり、一人でキャンパスを歩く僕に声をかけてきたのは芹沢だった。

「あぁ。芹沢、どうかした？」

「ううん。久しぶりだったから……」

彼女はそこまで言って、言葉を詰まらせた。

いつ見ても綺麗な女の子だと思った。

けれど、僕の思考はそこで止まる。彼女を見て、それ以上のことは感じなかった。

「私、あの時、失礼なこと言ったままだったから……ずっと謝りたいと思っていて」

「なんのことだっけ」

「え？」

「もう覚えてないよ。大丈夫」

それだけ言って、彼女の前を去った。

今、僕の心を埋め尽くしているものと比べれば、彼女が言った言葉など、取るに足らないものなのだ。

壊れそうなほど脆い心を抱えながらも、僕が今、立っていられるのは、彼女との約束があるからだった。

僕や彼女のような少数派の人間が泣かなくてもいい、そんな当たり前に思えて、当たり前ではない世界を目指して、これから生きていく。

それだけが、心の支えだった。

ぬかるみを歩くような足取りで、日々は過ぎていった。

代わり映えのしない日常を淡々と過ごしていたある日、児童心理学《じどうしんりがく》の授業の最後で、高倉教授が授業の余談として言った。

「フランスの学校、いや、ヨーロッパの教育方針は、消しゴムを使わないんだ」と。

僕の未来へと繋がる道は、あの春、彼女が言った通りに進んでいる。

その言葉は、彼女が残した欠片だと思った。

「まあ、今、その話は関係ない話か」

その話を終わらせようとする教授に向かって、僕は静かに手を挙げる。

「市井君、どうした？」

「先生は……先生は、その方法がこの国に広まったら、どうなると思いますか？」

僕は訊いた。誰かに背中を押してほしかった。

「優しい世界に、なると思うよ……」

僕は頷いた。きっと、僕たちは、世界を変えるために生まれてきたんだ。

それから僕は、彼女と過ごした春の思い出を支えにしながら、勉強を続けた。

これほど勉強をしたことなんて、過去になかった。ただ、そうすることでしか自分を保てなかったのかもしれない。

そして大学四年の冬、一通の決定通知書が届いた。

そこには、僕の赴任先の小学校名が書かれていた。

『私は、山桜が綺麗な県で生まれ育ってね』

――奈良県。

『そのどら焼きの名前、私の住む町と同じ名前！』

――東雲町。

僕に繋がる未来への道が、すべて彼女の言葉通りになっていく。

『答え合わせはつまらないじゃない？』

答え合わせなんてしなくても、僕たちはやはり、運命の糸で繋がっていたのだ――。

それならば、これから先の未来、僕は、彼女と出会うことのなくなった未来の子どもだけを思い、愛し続けて生きていこう。

そうすればきっと、僕は今よりも、強くなれる。

『東雲町─東雲町─』

電車に乗り、たどり着いた場所は、彼女が言った通り、穏やかな町だった。

遠くの山に桜が咲き、松の緑と重なり合う。

遠くから眺めれば、吉野桜は淡いピンクの雲のようだった。桜がこの町を覆っている。

この町の桜の下のどこかで、彼女は生まれ育ったのだと思うと、目頭が熱くなる。

今から僕は、彼女の欠片を集めよう。

彼女が愛したこの町と、この輝かしい景色を愛しながら、僕はこの町で、生きよう──。

22歳になった僕は、ひとつの決心とともに、新しい町へ足を一歩踏み入れた。

山桜が近くに見えるようになると、過ぎ去った過去ととりとめのない思い出が、ホロホロと零れていった。

封印していた過去を思い出すように、ひとつひとつ彼女との思い出を拾うように、一歩ずつ歩いていく。

えっと、この小学校へ行くには……。

と、持っていた地図を見ながら、タクシー乗り場を探す僕の前に、「ひゃあ！」と声をあげて転ぶ女性がいた。

僕と同じ年くらいに見えるのに、行動も声も幼い。

華奢な骨格や、流れる髪の艶やかさも、見覚えがあった――。

僕の心がドクンと鳴った。

「いったあ」

こけて擦りむいたであろう膝小僧をさすりながら、声を出す女性のもとへ僕は歩いていく。

彼女から花の香りがする。

エフェドリンと呼ばれる桜の物質に、人は知らず知らずのうちに、引き寄せられるんだっけ？

そうだったよね？

「大丈夫、ですか？」

声をかけると、蹲っていた彼女がそっと顔を上げた。

その子は、狸のように可愛い笑顔を僕に向けると、「へへ」と笑って言った。

「私、そそっかしくて……。すみません」

こぼれた桜の花びらが、彼女の足元にある。

その花びらの中で見せる笑顔は、あの時のままだった。

「怪我は……ありませんか？」

声が震えた。

「はい。少し血が出ちゃってますけど、全然大丈夫です。私、回復が早いほうなので」

声も、笑った顔も、優しく明るい話し方も、あの時と同じだった。

この世に存在する彼女を見て、僕の胸はキリキリと痛んだ。

どうして……と思いながらも、僕は彼女と過ごした最後の春を思い出していた。

――『雪さん、今日はいつまでいれるの？』

――『ギリギリまでかな』

――『ギリギリって？』

――『桜の花粉が届かなくなると、私はこちらの世界にはいられない。花粉が切れると時間切れっていうのかな……私は、自然と元の世界へと戻ってしまうの』

あぁ……そうだったのか。

あの事件の日、彼女が消えたのは、すべての力を使い切り、この世から消えたわけじゃなかったのか。

彼女の体力がゼロになる前に、桜の季節が終わったのだ。

彼女は、体力がなくなりこの世から消える前に、自分の世界へと戻された。

きっと、桜たちが守ってくれたのだろう。

ともに不思議な世界の中で生きていた大好きな彼女を、桜たちが守ったのだろう。

「どうかされました？」

まだ何も知らない彼女に僕は言った。

「いえ……ただ、嬉しかっただけです」

君が生きていてくれたことが、この世に存在してくれていることが、こんなにも嬉しい。

不思議そうに首をかしげる彼女の目は、まだ少女のようにあどけない。

まだ恋も知らない、無垢な女性がそこにいた。

「初めまして。僕の名前は市井隆哉と言います。今日からこの町でお世話になることになりました。……よろしくお願いします」

胸の奥がきしむように鳴く。

その音を必死で隠し、僕は丁寧に言葉を紡ぎ、頭を下げた。

「そうでしたか！　何も知らずにすみません。私はずっとこの町に住んでいるので、何かわからないことがあったら、いつでもおっしゃってくださいね」

「はい。では、失礼ですが……お名前を教えてもらってもいいですか……？」

何も知らない君と、山桜に覆われた美しいこの町で。

「私の名前は……」

もう一度、新しい恋を始めよう。

巡り巡った運命の糸が、繋がったこの奇跡を、そっと抱きしめて。

誰よりも大切な君を、愛し続けることをここに誓うよ。

「佐倉雪です」

狸のように可愛い君と、ずっと一緒に。

双葉文庫

ひ-17-03

# それは桜《さくら》のような恋《こい》だった

2018年3月18日　第1刷発行

【著者】
広瀬未衣《ひろせみい》



【発行者】
稲垣潔

【発行所】
株式会社双葉社
〒162-8540 東京都新宿区東五軒町3番28号
［電話］03-5261-4818（営業）　03-5261-4851（編集）
www.futabasha.co.jp
（双葉社の書籍・コミックが買えます）

【印刷所】
中央精版印刷株式会社

【製本所】
中央精版印刷株式会社

---

【表紙・扉絵】南伸坊
【フォーマット・デザイン】日下潤一
【フォーマットデジタル印字】恒和プロセス



ISBN978-4-575-52092-7 C0193
Printed in Japan